Arena-Taschenbuch
Band 50467

Ebenfalls von Federica de Cesco
im Arena-Taschenbuch erschienen:

Melina und die Delfine (Band 1914)
Das Gold der Azteken (Band 2953)
Tochter des Meeres (Band 2308)
Tara und die Reiter des Windes (Band 50046)
Aischa oder die Sonne des Lebens (Band 50047)
Hinani – Tochter der Wüste (Band 50048)
Anahita – Im Land des Monsuns (Band 50049)
Shana, das Wolfsmädchen (Band 50168)
Kel Rela. Im Herzen der Sahara (Band 50244)
Sabrina. Entscheidung in Mexiko (Band 50276)
Weißer Kranich über Tibet (Band 50297)
Das Mondpferd (Band 1988)
Solal, das Feuerpferd (Band 50466)

Weitere Bände der Trilogie:
Der Türkisvogel (Band 50468)
Sonnenpfeil (Band 50469)

Federica de Cesco
wurde in Italien geboren. Sie hat viele Länder kennengelernt und lebt heute mit ihrem japanischen Ehemann in der Schweiz. Ihre Bücher wurden in zahlreiche Sprachen übersetzt. Für ihr schriftstellerisches Schaffen wurde Federica de Cesco mehrfach ausgezeichnet.

Federica de Cesco

Der rote Seidenschal

Arena

MIX
Papier aus verantwortungsvollen Quellen
FSC® C110508
FSC
www.fsc.org

1. Auflage als Arena-Taschenbuch 2013

Erstmalig erschienen 1958 beim Aare Verlag/
Sauerländer AG, Aarau/Switzerland

Umschlaggestaltung: Frauke Schneider
Umschlagtypografie: knaus. büro für konzeptionelle
und visuelle identitäten, Würzburg
Gesamtherstellung: Westermann Druck Zwickau GmbH
ISSN 0518-4002
ISBN 978-3-401-50467-4

www.arena-verlag.de
Mitreden unter forum.arena-verlag.de

Helga du Bois gewidmet

Federica de Cesco

Liebe Leserinnen, liebe Leser!

Dieses Buch habe ich als Schülerin geschrieben. Statt den Lehrern zuzuhören, erfand ich oft irgendwelche Indianergeschichten. Ich fand die Indianer total sympathisch und begriff nicht, warum sie in Filmen und in Büchern so einseitig dargestellt wurden: entweder zu negativ oder zu kitschig-sentimental. Alles Unsinn, dachte ich und beschloss, selbst ein Wildwestbuch zu schreiben.
Also dachte ich mir eine Geschichte aus, die in Arizona um die Jahrhundertwende spielt. Ann Morrison soll bei ihrer Tante zur »wohlerzogenen jungen Dame« ausgebildet werden. Ann rebelliert, will von Schnürkorsett und Hutschleier nichts wissen. Durch Zufall gerät sie in die Welt der Indianer, wo sie viel Aufregendes erlebt. Sie verliebt sich in den »Jungen mit den goldenen Augen« – den Halbindianer Chee – aber … stopp! Mehr verrate ich nicht. Jedenfalls müssen Ann und Chee jede Menge Abenteuer und Gefahren durchstehen und das heiß ersehnte Happy End lässt auf sich warten.
Ich schrieb zu meinem Vergnügen, täglich ein Stück weiter, und las meinen Mitschülern vor, was gerade fertig war. Schließlich hatte ich über zweihundert Seiten geschrieben. Etwas kam unvermeidlich dabei zu kurz. In meinem Fall war das leider die Schule.
Eines Tages wurde in der Klasse eine Umfrage über unsere zukünftige Berufswahl durchgeführt. »Du scheinst aber überhaupt keine Fantasie zu haben!«, meinte die Berufsberaterin kopfschüttelnd. »Das ist nicht wahr!«, antwortete ich empört. »Ich habe gerade einen Roman geschrieben!«

Die Mitschüler bestätigten das und die Berufsberaterin wollte mein Manuskript lesen, das aus etlichen vollgekritzelten Notizheften bestand. Sie empfahl mir, die Geschichte einem Verleger zu schicken – und so wurde »Der rote Seidenschal« ein Buch. Und von einem Tag zum anderen hatte ich nur nette Lehrer in der Klasse!

Inzwischen sind Jahre vergangen, aber das Buch wird immer noch mit Vergnügen gelesen. Indianische Freunde habe ich inzwischen auch und die finden die Geschichte noch heute okay, was mich natürlich besonders freut.

Und noch etwas: Von Ann habe ich ein Bild gezeichnet. In der Schule, im Kunst-Unterricht. So konnte ich sie mir besser vorstellen. Und ihr vielleicht auch!

FEDERICA DE CESCO

1 DIE WÜSTE

MESILLA

»Ann, halt dich gerade!«

»Ja, Tante Adele.«

»Leg die Beine nicht übereinander!«

»Ja, Tante Adele.«

»Hör mit dem Daumendrehen auf!«

Die alte Dame, bis ans Kinn in kaffeebraune Seide gehüllt, bekräftigte jede dieser Ermahnungen mit einem Stirnrunzeln, das den auf ihrer Nase balancierenden Zwicker ins Wanken brachte.

Neben ihr auf der Bank hockte eine dicke, kleine Alte, rot und verhutzelt, und strickte an einem Schal. Bei jeder Bemerkung schreckte sie zusammen und ließ die letzte Masche fallen, die sie dann mit bewundernswerter Geduld wieder aufnahm.

Im Übrigen hörte man nur das gleichmäßige Rattern des Zuges, der durch die felsige, dürre Landschaft dahinrollte.

Die gepolsterten Sitze des Damenabteils waren mit blassgrünem Samt bezogen. Vier Personen saßen darin: die beiden alten Damen, eine weitere Frau mittleren Alters in einem kanariengelben Reisekleid und ein sehr junges Mädchen, kerzengerade, die Hände über den Knien zusammengelegt, das Gesicht zum Fenster gewandt. Von Zeit zu Zeit musterte es die beiden Begleiterinnen mit düsterem Blick. Das Mädchen mochte vielleicht siebzehn Jahre alt sein; es war nicht schön, ja kaum hübsch zu nennen. Schlank, fast mager, mit blondem, leicht gewelltem Haar, das von einem schwarzen Samtband gehalten wurde, mit einem schmalen Gesichtchen, etwas zu breitem Mund und zu schmaler Nase. Das einzig Schöne an ihr waren die Augen, groß und grau, umschattet von langen Wimpern und dunkelbraunen, fast schwarzen Augenbrauen, die von dem Blond ihres Haares seltsam abstachen. Sie trug ein hochgeschlossenes weißes Kleid. So unbeteiligt sie sich gab – ihre nervösen Hände und ihre lebhaften, unruhigen Augen zeigten, dass sie es in Wirklichkeit nicht war.

Die Dame im kaffeebraunen Seidenkleid dämmerte mit halb geschlossenen Augen vor sich hin. Die kleine Alte strickte; die Reisende in Kanariengelb blätterte in alten Modejournalen … und das junge Mädchen ließ gelangweilt seine Blicke über die Landschaft gleiten. Felsen und immer nur Felsen, hier und da Dornengestrüpp, riesige Kakteen, unförmigen Kandelabern gleich – und immer wieder Felsen, deren Färbung von hellem Ocker bis zu dunklem Rot spielte … bis an den diesigen Horizont.

Während sie die Landschaft betrachtete, gingen die Gedanken der jungen Ann ihre eigenen Wege. Arizona war doch wirklich eine fremdartige Gegend! Dies dürre, feindselige Land war so völlig anders als

Georgia, wo Ann geboren war. Dort war alles heiter, lachend und frisch; Ann erinnerte sich der tiefen grünen Wälder, der Seen, der üppigen Plantagen, die sich zwischen sanfte Hügel schmiegten.

Damals wohnten sie am Ufer eines Flusses, in einem großen weißen Haus. Ann verbrachte dort ihre Kindheit – heiter und sorglos, obwohl sie ihre Mutter früh verloren hatte. Dann, als sie elf Jahre alt war, sah sie auch ihren Vater sterben, und das war ein großer Schmerz für sie; sie ahnte auf einmal, ja, sie wusste es mit Bestimmtheit: Nun waren die schönen Kinderjahre zu Ende.

Ein paar Tage später hatte Tante Adele sie zu sich geholt. Sie war eine Halbschwester des Verstorbenen und besaß in Phoenix in Arizona ein altes Haus und einen kleinen Garten. Eine schwere Umstellung war das für das freiheitsliebende Kind, das gewöhnt war, den kleinsten Wunsch erfüllt zu bekommen. Tante Adele hatte sich in den Kopf gesetzt, aus ihrer Nichte eine tüchtige Hausfrau zu machen; daneben versuchte sie mit allen Mitteln, ihren Freiheitsdrang zu zähmen – ohne sonderlichen Erfolg allerdings. Denn wenn Ann schließlich auch Lauchsuppe kochen, Leintücher säumen, Spitzen klöppeln und sticken lernte, so versäumte sie doch keine Gelegenheit, sich davonzustehlen und zusammen mit anderen Kindern ihres Alters irgendwo draußen vor der Stadt umherzustreifen.

Aber das Mädchen wurde allmählich vernünftiger – wenigstens schien es so – und die alte Dame vermerkte mit Freude, wie schön sie sie gezähmt hatte. Dabei sah sie nicht, dass Ann, wie ein Vogel im Käfig, nur auf eine Gelegenheit wartete, auf und davon zu fliegen und dieser engen und steifen Umgebung zu entwischen.

Aufseufzend schüttelte Ann ihre Haare. Was war das doch für eine langweilige Fahrt! Sie hatte Mitleid mit sich selbst: Tante Adele fuhr nämlich zu einer alten Freundin, die in Tucson ein Hotel besaß, nun aber erkrankt war und Hilfe brauchte.

Und Tante Adele war wie geschaffen dafür, das Zepter zu schwingen!

Natürlich fiel es der alten Dame nicht im Traum ein, in der Zwischenzeit ihre Nichte sich selbst zu überlassen; sie hatte sie mit sich genommen, ohne nach ihrer Meinung zu fragen. Übrigens haben junge Mädchen ja gar keine Meinung zu haben, das weiß man doch!

Mit einem Seufzer wandte Ann sich von der eintönigen Landschaft ab und nahm das Abteil und seine Insassen in Augenschein. Tante Adele saß mit geschlossenen Augen da; Eulalie, Anns alte Kinderfrau, strickte unentwegt, die Nase über ihre Arbeit gebeugt. Oh, jetzt eine Maus oder irgendein anderes kleines Tierchen hier im Abteil loslassen – wie hätte das Spaß gemacht! Mit einem spitzen Schrei würde Tante Adele auf die Bank springen und sich die Röcke zuhalten … Ein urkomisches Bild!

Vorsichtshalber nahm Ann die Hand vor den Mund – da fiel ihr Blick auf die Dame in Gelb, die immer noch las. Ann starrte sie neidisch an – anscheinend mit solcher Kraft, dass die Lesende plötzlich aufschaute.

»Sie langweilen sich doch sicher? Möchten Sie gern etwas lesen?«, fragte sie und reichte der verdutzten und zugleich entzückten Ann eines ihrer Hefte herüber.

Tante Adele zuckte zusammen – Ann fühlte das mehr, als sie es sah; aber sie achtete nicht darauf, sondern nahm das Heft und bedankte sich. Rasch machte sie sich ans Lesen und fühlte dabei den zornigen Blick ihrer Tante auf sich. Nach einer Weile begann diese zu hüsteln. Ann blickte nicht einmal auf, sie war völlig in die Betrachtung der Modebilder vertieft, in diese Gestalten in weiten Seiden- und Samtkrinolinen mit gewaltigen, manchmal fast komischen Hüten, die so groß waren wie Wagenräder!

Ann unterhielt sich königlich dabei und genoss es, von Seite zu Seite zu blättern. Als aber schließlich Nachthemden und Unterwäsche mit Bändern und Spitzen sichtbar wurden, da verschluckte sich Tante Adele und erlitt einen Hustenanfall.

»Hm … ch … Ann, mein Kind, zeig mir doch bitte mal diese Zeitschrift; die scheint ja sehr interessant zu sein«, säuselte sie mit honigsüßer Stimme.

Alter Drachen!, dachte Ann und reichte ihrer Tante das Heft. Die nahm es zwischen Daumen und Zeigefinger, legte es auf die Knie, sah sich die Titelseite an, die ein Ballkleid mit reichem Flitterwerk zeigte, zog dabei ein Gesicht, als hätte sie eine bittere Arznei geschluckt, lächelte schließlich säuerlich und reichte die Zeitschrift, immer noch mit Daumen und Zeigefinger, der gelb gekleideten Dame zurück, die ihr mit belustigter Miene zusah.

»Ich danke Ihnen«, sagte sie steif, »ich bin wohl doch ein bisschen zu alt für eine derartige Lektüre.«

Auf dem Gesicht der Dame lag ein spöttisches Lächeln, doch dann bemerkte sie Anns flehenden Blick und sagte freundlich: »Aber hat das Fräulein das Heft überhaupt zu Ende gelesen?«

Und als Ann strahlend den Kopf schüttelte, nahm sie eine andere Nummer und reichte sie ihr zusammen mit der ersten: »Da haben Sie gleich noch ein Heft.«

Ein entsetzlicher Husten rasselte durch das Abteil. Tante Adele hatte sich schon wieder verschluckt.

Ann aber lehnte sich in ihre Ecke zurück und machte sich mit Wonne von Neuem über die Zeitschriften her.

Die Zeit verstrich. Es war später Nachmittag, als die Dame im gelben Kleid unvermittelt ihr Heft zuklappte, eine Uhr aus dem Ausschnitt zog und auf das Zifferblatt schaute.

»Fünf Uhr«, sagte sie zu Ann, die aufblickte, »bald sind wir in Mesilla.«

»Mesilla – ist das groß?«, erkundigte sich Ann.

Die Dame schüttelte den Kopf. »Nein, nein, nur ein ganz kleines Nest.«

Ann hatte die beiden Zeitschriften durchgeblättert; jetzt hatte sie Lust zu plaudern. Spitzbübisch blickte sie zu Tante Adele hinüber, die mit geschlossenen Augen und verkniffenem Mund schwieg; dann fragte sie unbekümmert: »Haben Sie diese Gegend gern?«

»Das nicht gerade, aber ich finde sie schön und interessant. Ich will meinen Bruder in Fort Williams besuchen, mitten im Indianergebiet. Es ist herrlich dort: Ich schwärme für Abenteuer!«

»Ich auch!«, rief Ann mit Nachdruck. Und nach kurzem Schweigen: »Aber die Indianer sind wahrscheinlich gefährlich? Sind sie nicht fast so eine Art Schwarze?«

Da lachte die Dame so schallend auf, dass Tante Adele in die Höhe fuhr und die alte Eulalie wieder eine Masche fallen ließ.

»Eine Art Schwarze!«, rief sie. »Das ist ja köstlich! Nein, nein! Sie sind eher … Aber sehen Sie doch« – sie wies zum Fenster – »da sind ja schon die ersten Häuser von Mesilla!«

Ann wandte den Kopf. Statt der Häuser sah sie nur Holzhütten, umgeben von weiten Einfriedungen, in denen Schafe herumsprangen. Ein paar zerlumpte Jungen hockten auf den Zäunen und begrüßten den Zug mit Winken und Johlen.

Dann rückten die Hütten enger zusammen, dazwischen tauchte da und dort ein Haus aus rotem Backstein auf. Am Horizont zeichnete sich eine Bergkette gegen den blauen Himmel ab.

Der Zug fuhr langsamer, die alte Lokomotive stieß einen schrillen Pfiff aus. Ann wandte sich wieder der Dame zu, die schon ihr Gepäck zusammenstellte: eine lederne Reisetasche, einen kleinen Koffer und ein Einkaufsnetz mit Paketen.

»*Das* ist also Mesilla?«, fragte sie und zog die Nase kraus.

»Leider ja«, antwortete die Dame, während sie sich vor dem zerkratzten Spiegel an der Abteilwand einen mit Bändern geschmückten Hut aufsetzte.

Und *das* war der ganze Bahnhof? Ann sah ein paar Steinhäuser, die unvermeidlichen Hütten und so etwas wie einen Bahnsteig aus wurmstichigem Holz, einige Meter entlang der Gleise. Am Balkon eines Lebensmittelladens prangte eine große weiße Tafel, auf die in schreiendem Rot das Wort MESILLA gemalt war. Die Bremsen kreischten, der Zug hielt mit heftigem Ruck. Die Dame nahm Reisetasche, Netz und Koffer, nickte dem Mädchen freundlich zu, verließ das Abteil und schloss die Tür hinter sich.

»Hm … Annette-Beatrix, du hast dich ja wieder einmal unmöglich aufgeführt!«

Tante Adele hatte jetzt die Augen offen und durchbohrte Ann mit wütenden Blicken. Da faltete das Mädchen die Hände über den Knien.

»Ja, Tante Adele«, sagte sie zerstreut.

Die alte Dame hob die Arme gen Himmel, dass man die Nähte ihrer engen Ärmel krachen hörte: »Ohne Rücksicht auf deine Würde, auf deine Herkunft und auf deine Erziehung wagst du es, an diese … diese Person das Wort zu richten? Wagst es – ich sage: *wagst* es, dich durch den Anblick solch unmoralischer

Abbildungen zu besudeln? Schäm dich! Aber – hörst du mir überhaupt zu?«

Ann schien offenkundig durch irgendetwas abgelenkt zu werden. Plötzlich sprang sie vom Sitz auf.

»Na, was gibt es denn nun schon wieder?«

Ohne zu antworten, trat das Mädchen zu dem Platz, auf dem die Dame in Gelb gesessen hatte, bückte sich und hob einen ziemlich zerknitterten Schal auf, der unter die Bank geglitten sein musste. Sie breitete ihn auseinander.

»Oh, ist der schön!«, rief sie.

Es war eine Art Stola mit Fransen. Die rote Seide glänzte und erzeugte beim Anfassen ein angenehmes, kühles Gefühl. Rasch sah Ann aus dem Fenster: Die Reisegefährtin verschwand gerade hinter einem Haus, ihre langen, weiten Röcke wippten bei jedem Schritt. Da raffte Ann das Tuch zusammen.

»Der Schal war bestimmt teuer … sie war so nett zu mir … ich muss ihn ihr bringen …«, murmelte sie. Und plötzlich stürzte sie zur Tür. »Ich bin gleich wieder da!«, rief sie zurück.

»Annette!«, entrüstete sich die alte Dame.

»Kindchen!«, schrie Eulalie auf und ließ gleich eine ganze Reihe von Maschen fallen.

Mit einem Krach schlug die Tür vor der Nase der beiden alten Damen zu.

Auf dem Gang drängte Ann sich durch die schmunzelnden Mitreisenden.

»He, Kleine«, rief einer, »beeile dich, der Zug fährt gleich weiter!«

Aber da sprang das Mädchen schon auf den Bahnsteig. Einen Augenblick blieb sie stehen und sah sich unschlüssig um.

Ein paar rohe Kerle mit wenig ansprechendem Äußerem schauten sie grinsend an, die Hände in die Seiten gestemmt. Vor dem Laden spielte eine Horde Jungen mit Murmeln. Ann raffte mit einer Hand ihren Rock, rannte in die Richtung, in der die Dame verschwunden war, und als sie um das Haus bog, sah sie eine schmutzige Gasse vor sich. Sie folgte ihr und bog in eine breitere Straße ein. Auf jeder Seite waren Bars, aus denen Grölen und Lachen schallte. Pferde waren dort angebunden und warteten mit gesenkten Köpfen neben ihren Futtersäcken, während Cowboys auf dem hölzernen Gehsteig saßen und lärmend Karten spielten.

»Verzeihen Sie: Haben Sie vielleicht eine Dame in gelbem … hellgelbem Kleid gesehen?«, fragte Ann eine junge Mexikanerin.

Das Mädchen starrte sie aus großen schwarzen Augen verständnislos und erstaunt an.

»*Qué sé yo?*«, fragte sie und hob die Schultern. Offenbar hatte sie kein Wort verstanden. Ann ließ ihren Ann los und strich sich über die Stirn. Wo mochte nur die Dame geblieben sein? Sie zuckte die Achseln und wandte sich ab. Aber da durchfuhr sie plötzlich ein heilloser Schrecken: »Mein Gott, der Zug!« Sie ließ die Mexikanerin stehen, machte kehrt, raffte ihren Rock und rannte los. Wie der Wind hatte sie diese und noch eine andere Straße durchquert – und hielt plötzlich inne, die Hand vor dem Mund.

»Wie denn!«, murmelte sie. »Bin ich denn verrückt? Hier müsste ich doch den Bahnhof schon sehen! Ich …«

Völlig verwirrt blickte sie sich um. Auf einer Treppenstufe saß ein kleiner Junge und sah ihr interessiert zu. Als Ann auf ihn zulief und ihn am Arm schüttelte, sprang er auf.

»Der Bahnhof … Wo ist hier der Bahnhof?«

Der Junge sah sie ohne Aufregung an, dann streckte er unmissverständlich die hohle Hand aus. Wie im Fieber knöpfte das Mädchen ihr Geldtäschchen vom Gürtel und drückte dem Jungen mit zitternden Fingern eine Münze in die Hand; was es für ein Geldstück war, darauf achtete sie nicht. Der Junge warf einen raschen Blick auf die Münze und verbarg die Hand sofort hinter dem Rücken. Dann wies er mit dem anderen Arm geradeaus: »Erst rechts, dann links abbiegen«, sagte er und lief davon.

Auch Ann rannte weiter, bog nach rechts in eine Gasse und fand schließlich, völlig außer Atem, den Bahnhof wieder.

Aber dann stand sie da, vor Entsetzen erstarrt: Fort war der Zug, fort die Reisenden, keine Seele mehr weit und breit! Der Bahnhof war völlig leer und verlassen!

Sie musste sich an eine Mauer lehnen, außer Atem, fassungslos …

»Fühlen Sie sich nicht wohl, kleines Fräulein?« Ein Mann trat auf sie zu; halb belustigt, halb gerührt über ihr erschrockenes Gesicht.

»Der Zug …«, stammelte Ann völlig verstört.

»Ach, der Zug? Ja, der ist weg. Sie haben ihn wohl verpasst? Nun, dann warten Sie eben auf den nächsten, Miss. Fragen Sie doch bei Thomson, in dem Laden da drüben, wann der nächste geht.«

Ann kam langsam wieder zu Atem; sie gewann ihre Fassung zurück, hob den Kopf und murmelte etwas, das ein Dankeschön sein sollte.

Nachdem der erste Augenblick der Bestürzung vorüber war, fing sie an, das Erlebnis interessant zu finden. Tante Adele würde sicher schrecklich böse auf sie sein! Aber an die Sorge, die die alte Dame sich gewiss um sie machte, dachte Ann jetzt kaum. Sie betrachtete den Schal, den sie immer noch in der Hand hielt; dann legte sie sich ihn mit einer entschlossenen Bewegung um die Schultern.

Nun, sie wusste, was sie zu tun hatte. Sie stieg die paar Stufen hinauf und stieß die Ladentür auf.

Laut klirrendes Glockengebimmel tönte durch einen düsteren Raum. Neugierig sah Ann sich um.

Da lag Käse neben Vogelkäfigen, ein Paar Schuhe lehnte an einer Kiste Spinat, Konservenbüchsen standen auf einem Wandbord, große Gläser mit roten und gelben Bonbons schimmerten im Halbdunkel, Zwiebelschnüre und ein paar Schinken hingen an der Decke und über allem schwebte ein undefinierbarer Geruch – wie nach Schuhwichse, Lebkuchen und Leder.

Ungeduldig lief Ann zur Theke und begann nervös, auf das alte, raue Holz zu trommeln. Endlich öffnete sich eine Tür in der Rückwand des Raumes und ein

Lichtschein fiel herein. Ein kleiner, völlig kahlköpfiger, alter Mann mit einer Brille auf der Nase trippelte herein.

»Sie wünschen?«

»Ich möchte gern wissen, um wie viel Uhr der nächste Zug nach Tucson fährt«, sagte Ann.

»Der nächste Zug nach Tucson?«, wiederholte der Alte. »Augenblick, muss mal nachsehen ...«

Er ging an ein Regal, zog einen verstaubten Wälzer heraus, leckte einen Finger und begann zu blättern. »Der Zug nach Tucson ...«, brummte er dabei, »... der Zug nach ... Ah, da haben wir ihn ja schon.«

Er hob die Nase.

»Der Zug nach Tucson fährt – Fahrplanänderungen vorbehalten – am elften September um sieben Uhr vierzig ... Das heißt«, setzte er hinzu und schlug das Kursbuch mit einem dumpfen Knall zu, »in genau drei Wochen!«

Ann wurde blass.

Mürrisch schüttelte der alte Mann den Kopf.

»Am elften September, sieben Uhr vierzig«, wiederholte er. »Soll ich es Ihnen aufschreiben?«

Ann musste sich an der Theke festhalten.

»Oh nein ... ich ... Bemühen Sie sich bitte nicht ...«

Wie im Traum wankte sie zur Tür und die Treppe hinunter. Drei Wochen! Mit wütendem Griff zerknüllte sie den Schal, den sie um die Schultern trug.

Einen Augenblick lang fühlte sie sich schwach werden, aber dann erwachte in ihr ein mächtiger Tatendrang und sie spürte, dass sie hungrig war. Mit einem

Dollar und ein paar Cents in der Tasche kommt man nicht weit, dachte sie. Und wo bleibe ich über Nacht? Ich werde mir Arbeit suchen müssen. Also gut, da hab ich's nun! Ich wollte ja schon immer ein Abenteuer erleben!

Sie setzte sich auf die Treppenstufen, nestelte ihr Geldtäschchen los und schüttete den Inhalt in ihren Schoß. Ein paar Münzen fielen heraus. Ja, aber wo war der Dollar geblieben? Sie schaute in das Täschchen hinein. »Mein Gott«, murmelte sie, »wo kann denn bloß...« Und dann fiel ihr plötzlich ein: Das Dollarstück musste sie vorhin dem Jungen gegeben haben... und sie hatte es überhaupt nicht gemerkt!

Da verließ sie der Mut.

Bald senkte sich die Dämmerung über die trostlosen Häuser und Hütten von Mesilla. Ann fühlte sich sehr einsam und verlassen. Der Hunger begann, sie zu quälen, sie zählte ihren Reichtum: Er reichte gerade für ein Brot. Aber das würde sie sich erst morgen kaufen.

Langsam erhob sich das Mädchen und machte sich auf den Weg. Wo sollte sie übernachten? Die verrücktesten und unmöglichsten Einfälle schossen ihr durch den Kopf: sich in ein Hotel einschleichen und in irgendeinem Zimmer einschließen? In einem Kloster um Aufnahme bitten? Auf einer Bank im Freien schlafen? Oder würde sich vielleicht ein feiner Herr ihrer annehmen und sie im vierspännigen Wagen weiterbringen? Unsinn! So etwas gab's ja nur im Roman. Im Übrigen schien diese Stadt von Gentlemen nicht gerade zu wimmeln, jedenfalls wenn man nach den finsteren Gestalten urteilen wollte, die da überall herumlungerten.

Inzwischen hatte sie die Hauptstraße erreicht. Die hell erleuchteten Bars hallten wider von Gesang, Gelächter und vereinzelten Gitarrenakkorden. Der Geruch von gebratenem Fleisch und Tabaksqualm hing in der Luft. Irgendwo in der Ferne fiel ein Pistolenschuss.

An eine Mauer gelehnt, blickte Ann neugierig um sich. Männer bummelten vorüber, einige musterten sie interessiert. Ein Kerl mit schiefem Gesicht trat ihr im Vorbeigehen auf den Fuß und sah sie herausfordernd an. Ann wurde ärgerlich und versetzte ihm einen Stoß – zur Belustigung der Vorübergehenden.

Da wurde sie unruhig. Um sie herum lauter fragwürdige oder feindselige Gesichter: Hier grinste sie ein Schwarzer, die Mütze in die Stirn gezogen, blöde an und ließ dabei eine Reihe Goldzähne sehen; dort stand ein Mexikaner mit fettig glänzendem Gesicht, einen ausgefransten Sombrero auf dem Kopf; da drüben ein bärtiger, alter Cowboy mit einem wahren Urwald von Augenbrauen; neben ihm eine hässliche Mestizin mit violetten Lippen.

Wütend drängte Ann sich durch die Gaffer und lief davon, auf gut Glück, irgendwohin. Gelächter und Spottrufe erhoben sich hinter ihr; keuchend rannte sie vorwärts und musste ihren langen Rock anheben, um nicht zu stolpern.

Es war nun völlig dunkel geworden; wunderbar klar glitzerten die Sterne am schwarzen Himmel – ein tröstlicher Gegensatz zu den Gassen mit ihren Hütten und den dunklen Winkeln.

Ann lief und lief, ein kleiner weißer Schatten in der Nacht; von Zeit zu Zeit wandte sie sich um, ob ihr auch niemand folgte. Aber vor ihr wie hinter ihr war alles ruhig. Ganz außer Atem blieb sie schließlich stehen. Die beängstigende Stille ringsum ließ sie ihr wildes Herzklopfen noch deutlicher empfinden. Irgendwo in der Ferne heulte ein Hund.

Das Mädchen wandte sich einer der Holzhütten zu und lehnte sich ermattet dagegen. Ein paar Schritt vor ihr stand eine Tür einen Spalt offen. Ohne sich recht bewusst zu werden, was sie tat, zog Ann die Tür ganz auf und schlüpfte hinein. Durch eine Dachluke fiel schwaches Sternenlicht und ließ eine Art Schuppen erkennen, in dem Werkzeug, Säcke mit Kalk und Gips und Stapel von Ziegelsteinen lagerten. Ann tappte zwischen den Säcken herum und ließ sich schließlich erschöpft nieder. Immer noch zitterte sie vor Angst und Erregung. Wie schrecklich war diese Stadt! Für den Augenblick war sie wohl in Sicherheit; vor morgen früh würde bestimmt niemand hierherkommen. Aber was sollte sie dann anfangen? Wenn sie keine Arbeit fand, was tun? Wild forderte ihr Magen sein Recht.

Aber es gehörte nicht zu Anns Eigenschaften, sich mit Sorgen und Grübeleien aufzuhalten. Sie gähnte, kniete nieder und sprach ihr Nachtgebet, so inbrünstig sie nur konnte. Dann rollte sie sich wie ein Kätzchen auf den Säcken zusammen, zog den roten Schal fester um ihre Schultern und fühlte bald den Schlaf kommen.

Trotz quälendem Hunger, trotz Angst und Schrecken fand sie das Abenteuer nun doch noch sehr interessant und romantisch: genau so, wie sie sich's schon immer gewünscht hatte.

DER JUNGE MIT DEN GOLDENEN AUGEN

Ann streckte sich, bevor sie die Augen aufschlug.

»Nanu«, sagte sie zu sich, »ist denn heute Sonntag? Und mein Kopfkissen ist weg, verflixt!«

Dann richtete sie sich jäh auf und sah um sich.

»Was ist denn los? Wo bin ich?«

Und da fiel ihr alles wieder ein.

»Das ist mir auch noch nicht passiert«, murmelte sie, »dass ich in einem Arbeiterschuppen schlafe! Aber Vorsicht: Wenn mich jemand hier findet... Ich will lieber verschwinden, bevor sie kommen!«

Sie öffnete die Tür einen Spalt und steckte die Nase hinaus. Es war noch sehr früh, die Sonne, kaum erst aufgegangen, schimmerte als blasse Scheibe durch den Morgendunst. Die Luft war kühl; Ann fröstelte in ihrem leichten Kleid. Aber sie tröstete sich: In kaum ein, zwei Stunden würde es schon wieder unerträglich heiß sein.

Entschlossen verließ sie ihre nächtliche Zuflucht und drückte sorgfältig die Tür hinter sich zu. Kaum aber war sie ein paar Schritte die Straße entlanggegangen, da hatte sie das Gefühl, eine Faust drehe ihr wütend den Magen um. Trotzdem: Sie war fröhlich und voller Zuversicht.

»Auf denn«, sagte sie zu sich, »wo schaue ich mich nun heute um? Soll ich wieder in die Stadt gehen? Nein, dazu habe ich keine Lust. Lieber sehe ich, ob ich nicht so etwas wie eine Farm finde, wo ich meine bescheidenen Dienste anbieten kann. Das Weitere wird sich dann schon ergeben.«

So marschierte sie los, die Straße hinunter, und trällerte ein Liedchen vor sich hin.

»Kleine Ann«, sagte sie sich, »es kommt mir ganz so vor, als gingst du einer fröhlichen Zeit entgegen … Drei Wochen ohne Tante Adele … drei Wochen frei, ganz frei! Drei Wochen ohne Tante Adele«, sang sie, »drei Wochen Ferien, drei Wochen frei! Drei Wochen – Oh!« Sie prallte heftig mit jemandem zusammen, der aus einer Seitenstraße kam. Sie wurde rot, blickte auf – und sah verdutzt in ein Paar merkwürdig honiggelbe Augen in einem braunen Gesicht. Der junge Mann war zumindest ebenso erschrocken wie sie. Das braune Pferd, das er am Zaum führte, stampfte ungeduldig.

»Ich …«, begann er.

Aber Ann, schrecklich verlegen, stotterte, ohne noch einmal aufzublicken, eine Entschuldigung, fasste ihren Rock mit der einen Hand, zog mit der anderen den roten Seidenschal fester um die Schultern und huschte an dem jungen Mann vorbei, auf und davon.

Sie lief mit kleinen, flinken Schritten, ohne nach rechts oder links zu schauen, bis plötzlich eine derbe Faust sie am Arm festhielt.

»Hallo, Kleine! Wohin so schnell?«

Sie sah auf. Vor ihr stand ein Riesenkerl mit rotem Gesicht. Er roch nach Schnaps. Sie runzelte die Stirn und rief wütend: »Lassen Sie mich sofort los!«

Aber der Betrunkene hielt sie eisern fest. Mit einem Ruck befreite sich Ann und wollte davonstürzen, doch der Kerl setzte ihr nach. Da gab sie ihm eine schallende Ohrfeige.

»Da hört denn doch alles auf!«, brüllte der Mann wütend, packte sie an den Schultern und schüttelte sie kräftig.

»Lassen Sie mich los! Hilfe!«, schrie Ann voller Angst und trat dem Kerl gegen die Beine, wohin sie gerade traf. »Hilfe! Lassen Sie mich sofort los!«

Plötzlich erklang Hufschlag ganz in der Nähe. Im nächsten Augenblick fühlte sich Ann vom Boden hochgerissen und fand sich auf einem seltsam harten und warmen Sitz wieder, der sich auf und ab bewegte. Ihre Hände griffen in ein Büschel Haare, während ein donnernder Lärm ihr fast das Trommelfell zerriss. Es dauerte ein paar Sekunden, bis sie begriff, dass sie recht unbequem auf dem Hals eines Pferdes saß und sich mit den Händen an langes Mähnenhaar klammerte.

Wie durch einen Nebel sah sie ein paar Häuser vorbeihuschen, dazwischen Riesenkakteen und seltsam geformte Felsblöcke.

Sie wandte den Kopf nach ihrem Retter und unterdrückte einen Ruf der Überraschung: Das war ja der junge Mann mit den goldenen Augen! Wieder fühlte Ann, wie sie rot wurde; sie senkte den Kopf, sodass ihr das Haar übers Gesicht fiel, und verwünschte ihr eigenes Pech.

»Ich … ich … entschuldigen Sie bitte …«, stammelte sie schließlich.

Ihr Retter lachte fröhlich.

»Immer muss ich andere Leute ärgern«, sagte sie zerknirscht.

»Aber wieso denn? Mich ärgern Sie überhaupt nicht.«

Wirklich, das Abenteuer fing an, interessant zu werden! Ann setzte sich zurecht. Allmählich kehrte ihre Sicherheit zurück; sie wandte sich ihrem Retter zu und schaute ihn genauer an. Noch nie war ihr ein Gesicht so sympathisch vorgekommen: Es war schmal, länglich, mit leicht vorspringenden Backenknochen und einer Haut wie aus Bronze. Schwarzes, glänzendes Haar fiel ihm bis auf die Schultern – aber ganz außergewöhnlich waren die Augen: lustige goldene Funken tanzten in ihnen; einen auffälligen Gegensatz dazu bildeten die schwarzen, für einen Mann fast zu langen Wimpern.

»Was gibt es denn an mir so Betrachtenswertes?«, fragte er, als Ann ihn eine Zeit lang mit offenem Mund und staunend aufgerissenen Augen angestarrt hatte.

Das Mädchen fuhr zusammen und schlug die Augen nieder.

»Oh … ich … ich wollte nur sehen, mit wem ich's zu tun habe.«

»Das ist Ihr gutes Recht«, bestätigte der Junge und zog leicht an den Zügeln; das Pferd fiel in Schritt.

»Sie sind gewiss nicht von hier?«, fragte er.

Ann blies sich die Haare aus dem Gesicht.

»Nein, allerdings nicht. Mein Zug ist ohne mich weitergefahren.«

»Was Sie nicht sagen!«

»Wirklich!« Und rasch erzählte sie, was sie erlebt hatte. Als sie zu Ende war, schüttelte der junge Mann lächelnd den Kopf.

»Das ist ja kaum zu glauben!«, sagte er.

»Ja, das ist einmalig!«, erwiderte das Mädchen und strich sich über die Stirn. »Seit gestern Nachmittag falle ich von einer Überraschung in die andere. – Aber ich habe mich noch gar nicht für Ihr Eingreifen bedankt. Ich war ja wie vor den Kopf geschlagen … Jedenfalls: Ich danke Ihnen herzlich!«

»Aber das war doch selbstverständlich!«, wehrte der junge Mann ab. »Wir sind doch hier nicht alle solche Flegel!«

Dann hielt er das Pferd an.

»So«, sagte er. »Hier können wir ungestört plaudern.«

Sie hatten den Stadtrand erreicht; die Wüste begann, die Gegend war steinig, da und dort standen Gebüsche von ausgetrockneten Dornensträuchern und in der Ferne zeichneten sich die Berge ab.

Der junge Mann sprang vom Pferd und half Ann absteigen. Kaum aber hatte das Mädchen einen

Schritt getan, da wurde ihr schwindlig; sie wankte und musste sich an einen Felsblock lehnen.

Er sah sie besorgt an, da zwang sie sich zu einem matten Lächeln: »Ich… habe seit gestern Mittag nichts gegessen.«

»Oh, ich glaube, da kann ich Ihnen helfen.«

Er trat zu seinem Pferd, band einen Beutel vom Sattelknauf, schüttete schwärzliche Krumen heraus und hielt Ann eine Handvoll hin. Sie hatte sich auf einen Stein gesetzt und blickte unschlüssig auf das Dargebotene.

Der junge Mann lächelte. »Das ist *Pemmikan,* getrocknetes Fleisch«, erklärte er, »etwas anderes habe ich leider nicht.«

»Aber das macht doch nichts, danke schön«, antwortete Ann. Sie sagte sich, es sei jetzt wohl nicht angebracht, vornehm zu tun. Sie versuchte davon. Es war zäh und schmeckte wie Fleischbrühe. Tapfer begann sie zu kauen und musterte dabei den jungen Mann genau. Auch er warf ihr von Zeit zu Zeit einen raschen Blick zu.

Er war nicht sehr groß, schien auch nicht besonders kräftig zu sein, dafür machte er aber einen ungemein gewandten und flinken Eindruck. Er trug eine dunkelblaue, ziemlich enge Hose und ein Hemd mit langen Ärmeln, das über der Brust offen stand. An einem Gürtel aus dickem, mit Nägeln beschlagenem Leder hing ein Revolver im Futteral und ein Messer mit merkwürdig geformtem Griff. Hirschlederne Mokassins vervollständigten seine Ausrüstung.

Ann wunderte sich über diese Kleidung, aber dann sagte sie sich, sie müsse wohl hier das Übliche sein. Schließlich konnten ja die Leute hier nicht gut im Abendanzug herumlaufen.

Sie leckte sich die letzten Krumen aus der Hand und stellte befriedigt fest, dass sie trotz der einfachen Mahlzeit wirklich nicht mehr hungrig war.

»Ist Ihnen besser?«, fragte der junge Mann und lächelte. »Und nun haben Sie wohl Durst?«

Ohne ihre Antwort abzuwarten, nestelte er eine Lederflasche vom Sattelknauf, schraubte sie auf und hielt sie dem Mädchen hin. Sie nahm die Flasche, zögerte jedoch einen Augenblick, bevor sie diese an die Lippen setzte. Was würde wohl Tante Adele dazu sagen? Aber dann zuckte sie die Achseln: Ach was, es war ja alles halb so schlimm! Und sie trank in langen Zügen das lauwarme Wasser; es schmeckte fade und abgestanden. Danach fühlte sie sich aber immerhin wohler.

Sie reichte dem jungen Mann die Flasche zurück und wischte sich mit dem Ärmel den Mund. Während er die Flasche wieder festknüpfte, schien er sich die Sache überlegt zu haben; er fragte plötzlich: »So, nun wollen wir weitersehen: Was haben Sie jetzt vor?«

»Ich weiß nicht«, sagte Ann.

»Vielleicht kann ich Ihnen helfen«, sagte er. »Es gibt hier eine Polizeistation, von dort aus könnten Sie an Ihre Tante telegrafieren und ...«

Sie schüttelte den Kopf: »Nein, ich gehe nicht zur

Polizei. Auf gar keinen Fall. Schlagen Sie sich das aus dem Kopf!«

»Aber Sie sind unvernünftig«, sagte er. »Ich kann mich nicht um Sie kümmern. Ich wohne nicht in Mesilla. Ich kam nur zufällig durch die Stadt.«

»Wohin reiten Sie denn jetzt?«, fragte sie und ihr Interesse regte sich von Neuem.

Unbestimmt wies er zu den Bergen hinüber.

»In die Wüste?«, rief Ann. »Wohin denn da?«

Er wurde verlegen und zögerte.

»Ich reite zu den White-Mountain-Apachen«, sagte er schließlich gezwungen. »Ich muss dort jemanden besuchen.« Dann hob er den Kopf: »Aber das tut nichts zur Sache … Ich frage mich übrigens, ob es für Sie nicht besser wäre …«

Er sprach nicht zu Ende. Ann war aufgesprungen, ihre Augen blitzten.

»Nehmen Sie mich mit!«

Er fuhr auf: »Was? Sie sind wohl nicht ganz bei Trost?«

»Nehmen Sie mich mit! Ich flehe Sie an. Oh, ich möchte so gern die Wüste kennenlernen und alles, was es da gibt. Ich habe Vertrauen zu Ihnen. Und Sie sollen sehen, ich werde vernünftig sein, ich werde keine Dummheiten machen, ich …«

»Sie wissen gar nicht, was Sie da sagen!«, unterbrach er sie.

Aber sie hielt ihn am Arm fest: »Ich flehe Sie an. Ich kann reiten und kochen. Verstehen Sie doch! Meine Tante soll mich nicht finden. Ich habe drei Wochen;

mit denen kann ich machen, was ich will. Drei Wochen sind eine so lange Zeit.«

Vor Aufregung schüttelte sie seinen Arm.

»So reden Sie doch! Reden Sie, sagen Sie etwas!«

»Ich kann es nicht«, erwiderte er einfach.

»Aber warum denn nicht?«

»Es geht nicht. Sie wissen ja nicht einmal, wer ich bin, und ich weiß Ihren Namen auch nicht. Sie wissen doch überhaupt nichts von mir.«

»Aber das ist doch nicht schlimm. Sie brauchen's mir ja bloß zu sagen – Ihren Namen, meine ich. Ich heiße Annette-Beatrix Morrison – ein scheußlicher Name, finden Sie nicht? Gewöhnlich werde ich einfach Ann genannt.«

Auf einmal lachte er leise.

»Sie sind ein komisches, kleines Mädchen!«

»Nehmen Sie mich jetzt mit?«

Er lehnte am Sattel seines Pferdes und sah sie unverwandt an. Verwirrt senkte Ann den Kopf und schob schmollend die Unterlippe vor.

»Ich heiße Chee Williams«, sagte er plötzlich. Und trotzig, im Ton einer Kampfansage, setzte er hinzu: »Und meine Mutter ist eine Indianerin! So, jetzt wissen Sie's!«

Er wandte die Augen ab. Ann sah ihn verdutzt an, dann lachte sie auf einmal hell heraus.

»Warum lachen Sie denn?«

»Weil... weil ich immer dachte, die Indianer seien so eine Art Schwarze«, lachte Ann. »Nein, das ist doch wirklich zu komisch!«

Er machte ein überraschtes und zugleich entgeistertes Gesicht – aber dann lächelte er plötzlich.

»Merkwürdige Vorstellungen haben Sie!«

»Ja«, gab Ann unbefangen zu.

Sein Gesicht wurde wieder ernst; er sprach weiter: »Ja, meine Mutter ist eine Indianerin. Ich bin gerade unterwegs, sie zu besuchen; seit zwei Jahren habe ich sie nicht gesehen.«

Er hielt einen Augenblick inne.

»Und jetzt werden Sie verstehen, warum ich Sie nicht mitnehmen kann.«

»Nein, das verstehe ich gar nicht«, sagte Ann. »Ihre Mutter ist Indianerin. Was will das schon heißen? Das ist doch sogar sehr romantisch!«

»Romantisch!« Er wandte den Kopf ab und lachte auf; es klang bitter und ohne Heiterkeit. »Romantisch!«

»Na ja …«, gab Ann gekränkt zu.

»Sie sind wirklich noch ein richtiges Kind«, sagte er auf einmal.

Ann wollte etwas einwenden, aber er sprach schon weiter: »Ja, Sie sind ein richtiges Kind. Und darum muss ich Sie wohl mitnehmen. Weiß der Himmel, was Sie sonst in Mesilla noch alles anstellen!«

Mit einer Handbewegung schnitt er den Freudenausbruch des Mädchens ab.

»Und wenn es gar nicht geht, können wir ja immer noch umkehren.«

Dann musterte er sie vom Kopf bis zu den Füßen.

»Sie sind zwar recht schlank, aber Sie sehen doch ziemlich widerstandsfähig aus. Trotzdem: Machen

Sie sich auf Durst, Hitze und Anstrengungen gefasst! Werden Sie das Leben in der Wüste aushalten?«

»Ich habe keine Angst!«, rief Ann und straffte sich.

»Gut«, fuhr er fort. »Wir werden ja sehen. Ich nehme Sie also mit. Aber dann brauchen Sie ein Pferd. Bleiben Sie bitte hier und geben Sie auf mein Pferd Kiuw acht. Ich gehe zu Fuß nach Mesilla hinein und besorge Ihnen ein Reittier und alles, was Sie sonst noch brauchen. Hier – damit Sie sich im Fall einer Gefahr verteidigen können; man kann nie wissen ...« Damit zog er seinen Revolver aus dem Gürtel und reichte ihn Ann.

»Danke«, sagte sie energisch und nahm die Waffe.

Sie hatte noch nie einen Revolver in der Hand gehabt und wusste gar nicht, damit umzugehen, aber um keinen Preis hätte sie das zugegeben.

Chee hatte inzwischen ein Beutelchen aus der Hosentasche gezogen und öffnete es. Ann trat heran.

»Was haben Sie denn da?«

Chee schüttelte etwas von dem Inhalt in seine Hand und band den Beutel wieder zu.

»Sehen Sie mal«, sagte er und zeigte Ann ein paar gelbliche Steine von Erbsengröße.

»Was ist denn das?«, fragte das Mädchen noch einmal.

Chee sah sie überrascht an. Dann nahm er einen der Steine zwischen Daumen und Zeigefinger und hielt ihn gegen die Sonne. Der Stein glitzerte wie tausend Funken.

»Man könnte meinen, er sei aus Gold.«

»Das *ist* Gold«, sagte Chee.

»Oh, zeigen Sie doch mal«, rief das Mädchen, nahm einen der Steine auf die Hand und betrachtete ihn neugierig.

»Das soll Gold sein?«, fragte sie enttäuscht. »Das sieht aber gar nicht hübsch aus; das hatte ich mir doch anders vorgestellt.«

»So?«, sagte Chee lächelnd. Dann erklärte er. »Das sind nur rohe Klumpen; ich habe sie im Gebirge gefunden. – Und jetzt gehe ich. Passen Sie gut auf!«

»Abgemacht. Ich werde hier still sitzen bleiben wie eine Statue«, versprach Ann.

Chee winkte ihr zu und ging um die Felsen herum davon. Als Ann ihn in dem Auf und Ab des steinigen Geländes nicht mehr sehen konnte, ließ sie sich auf einen großen Stein nieder und stieß einen tiefen Seufzer der Zufriedenheit aus.

DER AUFBRUCH

Nach einiger Zeit kam Chee zurück. Er führte ein schwarz-weiß geschecktes Pferd am Zaum.

Als Ann ihm entgegenlief, hob er ein Paket vom Sattel und hielt es ihr hin.

»Ich dachte, es ist besser, Sie kleiden sich etwas anders. Hoffentlich passt alles!«

Ann öffnete das Paket und stieß einen Jubelruf aus, als eine blaue Leinenhose, ein kariertes Hemd und eine hirschlederne Jacke zum Vorschein kamen.

»Gefällt es Ihnen?«, fragte Chee.

Ann warf das Papier auf die Erde und nahm die Kleidungsstücke über den Arm.

»Und wie! Oh, tausend Dank! Ich ziehe mich sofort um.«

Chee entfernte sich so lange. Als Ann sich umgekleidet hatte, band sie ihr widerspenstiges Haar mit ihrer schwarzen Schleife zu einem Pferdeschwanz. Sie fühlte sich so herrlich froh und beschwingt; sie musste einen Luftsprung machen. Danach hob sie ihre Kleider auf und verpackte sie. Chee schnallte eben einen Riemen am Sattel seines Pferdes fest; er drehte sich um und betrachtete sie.

»Ich glaube, so geht es«, meinte er.

»Wundervoll!«, rief das Mädchen überschwänglich.

Dann trat sie zu dem Pferd, das Chee mitgebracht hatte: »Und das ist für mich?« Sie streichelte ihm den Hals. »Ich werde es Schawnee nennen; so hieß das Pony, das ich früher in Georgia hatte«, sagte sie. Dann wies sie auf das Paket mit den Kleidern und fragte: »Kann ich das mitnehmen?«

»Selbstverständlich! Geben Sie her, ich schnalle es an Ihrem Sattel fest.«

Inzwischen faltete Ami den Seidenschal sorgfältig zusammen und steckte ihn in ihre Jackentasche.

»Sind Sie so weit?«, fragte Chee und klopfte Schawnee den Hals. »Können Sie aufsteigen?«

Unverzüglich setzte Ann den Fuß in den Bügel und schwang sich hinauf.

»Bin schon oben!«, rief sie stolz und nahm die Zügel.

Chee sprang mit einem Satz in den Sattel.

»Oha!«, rief Ann bewundernd. Sie trieb ihr Pferd an und stob im Galopp davon. Chee ließ sein Tier ebenfalls ausgreifen und war in wenigen Augenblicken an ihrer Seite.

»Für so beherzt hätte ich Sie gar nicht gehalten«, sagte er.

Ann ließ ihr Pferd in Schritt fallen und passte sich Chees Tempo an.

»Das ist mein einziger Vorzug«, sagte sie. »›Zu wenig Kopf und zu viel Herz‹, meinte mein Vater immer.«

»In diesem Land«, erwiderte Chee, »braucht man viel Mut – aber man muss auch denken können.«

»Ich will mir Mühe geben, beides zu lernen«, versprach Ann.

Eine Zeit lang ritten sie schweigend. Ann nahm begierig das Bild dieser Landschaft in sich auf, die für sie so ganz neu war. Überall ragten zackige, vielfarbige Felsblöcke auf: bläulich, orange, ocker oder ganz einfach grau und das leuchtende Blau des Himmels stach seltsam dagegen ab. Da und dort wuchsen Büsche mit gelblichen, ausgedörrten Blättern, riesige Kakteen oder hohes, faseriges Gras.

Mit kräftigen Flügelschlägen erhob sich ein Bussard von einem Felsen und kreiste am Himmel. Ann folgte ihm mit den Augen und musste die Lider zusammenkneifen.

»Was für ein merkwürdiges Land«, sagte sie schließlich. »Ist es hier das ganze Jahr über so heiß?«

»Nein«, erklärte ihr Gefährte. »Der Winter ist sogar rau. Es schneit, es hagelt, eisiger Wind schneidet in die Haut wie mit Messern. Auf den Felsen liegt hoher Schnee und nachts heult der Sturm durch die Schluchten. Die wilden Tiere verkriechen sich in ihre Höhlen; sogar die Raben halten sich verborgen. Und für die Apachen kommen dann die langen Wochen des Hungers.«

Mit halb geschlossenen Augen lauschte Ann auf die singende Stimme Chees.

»Das kann man sich gar nicht vorstellen«, sagte sie schließlich. »Erzählen Sie doch bitte weiter!«

»Vorstellen kann man sich das nicht«, antwortete Chee. »Man muss es erlebt haben. – In den ersten Märztagen kommt das Tauwetter. Der Schnee schmilzt, der Fluss steigt an und führt Hochwasser; gewaltige Eisschollen treibt er mit sich. Es schneit nicht mehr; dafür regnet es anhaltend in feinen Tropfen. Und eines Tages ist plötzlich die Sonne wieder da; sie ist zwar noch fahl, aber sie bringt doch die Gewissheit, dass die Kälte nun überwunden ist. Berg und Tal bedecken sich mit weichem frischgrünem Gras und überall sprießen die wilden Blumen: Anemonen, Schneeglöckchen und viele andere. Bäche schlängeln sich um die Felsen und sprudeln zwischen den Steinen. Das ist der Frühling, die ›Zeit der vielen Blätter‹, wie die Indianer sagen. Aber allmählich verblassen die Farben, die Blumen welken und die Bäche versiegen wieder; heißer und heißer brennt die Sonne, wie ein Feuerball – so wie jetzt«, schloss er.

Ann fuhr zusammen und blickte ihn an.

»Wie schön Sie die Dinge beschreiben können! Ich

hatte richtig das Gefühl, dabei zu sein. Sie sind ja ein Dichter!«

Chee lachte laut auf.

»Ich? Im Leben nicht! Ich beschreibe es so, wie ich's sehe. Ich wollte Ihnen nur zeigen, wie die Wüste sein kann.«

Sie hob den Kopf und schaute lange zu den Felszacken hinauf, die sich hart und klar vom glühenden Himmel abhoben.

Chee folgte ihrem Blick und sagte: »Man kommt sich winzig klein und verloren vor zwischen diesen mächtigen Felsen – das denken Sie jetzt, nicht wahr?«

»Können Sie denn Gedanken lesen?«, rief Ann überrascht.

»Nein, aber bisweilen lese ich auf den Gesichtern.«

In kurzem Trab erklommen die Pferde einen Hang; ab und zu stießen sie mit ihren flinken Hufen einen Stein beiseite, der dann polternd bergab rollte. Danach folgten sie eine Zeit lang einem trockenen Bachbett.

»Chee«, fing Ann auf einmal an, »wie kommt es eigentlich, dass Sie so gut Englisch sprechen? Die Indianer haben doch ihre eigene Sprache, nicht wahr? Und Sie … schließlich …«

»Sie wundern sich sicher darüber, dass ich kein Wilder bin?«

»Oh, das gerade nicht, aber …«, begann Ann.

Chee schob beide Hände in die Taschen und leitete sein Pferd mit den Knien. Mit einem Ruck warf er sein langes Haar zurück.

»Mein Vater war Amerikaner«, sagte er, »und er wollte, dass ich etwas lerne. Ich habe die Schule besucht… bis er starb. Nach seinem Tod ist meine Mutter zu ihrem Stamm zurückgekehrt und hat mich mitgenommen. Das ist jetzt zehn Jahre her.« Er zuckte die Achseln. »Ich glaube, ich bin doch seither ziemlich verwildert und ein wenig sonderlich geworden. Aber wissen Sie… wenn man immer allein ist…«

»Aber Sie sind doch wirklich kein schlechter Mensch«, protestierte Ann, »und außerdem kennen Sie die Wüste wie Ihre Westentasche.«

Chee hob den Kopf und sah geradeaus in die Weite.

»Sie ist meine Heimat«, sagte er leise.

DIE NACHT IN DER WÜSTE

Chee zügelte sein Pferd und gab Ann ein Zeichen; sie hielt sich nur noch mit Mühe im Sattel.

»Der Fluss«, sagte er.

Da lag er vor ihnen wie ein Band über das dürre Land hin ausgerollt. An den steilen Ufern wuchs dichtes Laubgebüsch, Pflanzen mit großen grünen Blättern standen dazwischen. Aus dem Röhricht erhob sich ein Schwarm Vögel und verschwand lautlos in der klaren Luft.

»Wie schön!«, murmelte Ann voll Bewunderung. Dann trieb sie ihr Pferd an und galoppierte zum Fluss hinunter, sprang aus dem Sattel, warf sich in den Ufersand und tauchte Arme und Gesicht ins kühle

Wasser. Chee sprang ab und lief ihr nach; sein Rufen ließ sie innehalten: »Halt! Nicht trinken! Sie werden sonst krank!«

»Aber ich ersticke vor Hitze!«, wandte Ann ein und strich sich mit der Hand über das nasse Gesicht.

»Eben darum!«, erklärte er.

Da setzte Ann sich auf, zog die Schuhe aus und streckte voller Wonne die Füße ins Wasser.

Die beiden Pferde standen nebeneinander und tranken in langen Zügen; Chee trat zu Kiuw, schnallte die leere Trinkflasche vom Sattel und ließ sie mit frischem Wasser volllaufen.

Plötzlich sprang er auf, fasste Ann am Arm, zog sie hinters Gebüsch und gebot ihr, sich platt auf den Boden zu legen. Dann führte er hastig die Pferde in einen Winkel zwischen den Felsen und warf sich schließlich neben Ann auf die Erde.

»Schauen Sie, da!«, sagte er und wies zum anderen Ufer hinüber.

Ann machte einen langen Hals: Da drüben kam ein Trupp Reiter zwischen den Felsen hervor und bewegte sich zum Fluss hinab.

Chee fasste Anns Arm mit fast rauem Griff.

»Still! Sehen Sie, dort ist eine Furt!«

Da hatten die Reiter den Übergang schon gefunden und begannen, mit lautem Schreien und Fluchen geräuschvoll platschend durch den Fluss zu reiten.

»Hoffentlich stoßen sie nicht auf unsere Spur«, flüsterte Chee.

Während Ann die Reiter beobachtete, dachte sie an

Tante Adele. Wenn die sie jetzt sehen könnte, platt auf den schlammigen Boden gedrückt, noch dazu in Cowboykleidung, die nach dem langen Ritt nicht mehr sehr frisch aussah!

Endlich hatten die Reiter den Fluss durchquert und erklommen das Steilufer. Allmählich verklang ihr Hufschlag.

Als Chee noch immer ihren Arm festhielt, riss Ann sich los und richtete sich auf.

»Könnten Sie mir vielleicht dieses lächerliche Verhalten erklären?«, fragte sie wütend. »Die Leute da hätten uns bestimmt nicht gefressen!«

»Aber vielleicht über den Haufen geschossen!«

»Sie haben uns nichts getan!«

Nun stand auch Chee auf. »Weil sie uns nicht gesehen haben«, sagte er trocken.

Nachdenklich brach er einen Zweig ab und kaute daran herum.

»Hören Sie, Ann, Sie müssen noch mancherlei lernen. Wir sind hier in einer sehr unsicheren Gegend. In diesem Land ist jeder jedem verdächtig. Vorsicht ist geboten bei jedem Wort, bei jeder Bewegung. Wer sagt Ihnen denn, dass die Leute da« – er wies mit dem Kopf in die Richtung, in der die Reiter verschwunden waren – »keine Banditen sind? Und selbst ehrliche Leute hätten vielleicht im ersten Schreck auf uns geschossen. So etwas ist doch schon oft genug vorgekommen.«

Ann ließ den Kopf hängen.

»Ich glaube ja, dass Sie recht haben, Chee, aber das sind doch merkwürdige Sitten: Sie begegnen jemandem, und statt Ihnen Guten Tag zu sagen, reißt der seinen Revolver heraus und schießt Sie vom Pferd! Was für ein grässliches Land! – Oh, verzeihen Sie«, sagte sie rasch, als sie sah, dass Chee das Gesicht verzog.

»Warten Sie nur«, sagte er, »auch Sie lernen das Misstrauen noch.«

Die Nacht hatte der glühenden Erde die ersehnte Kühlung gebracht. Wie eine Silberschale schwebte der Mond über dem schwarzen Horizont und dehnte die Schatten der Felsen ins Unendliche.

Ann und ihr Begleiter hatten mit Einbruch der Dämmerung haltgemacht und ein Feuer angezündet.

Die Pferde, ihrer Last ledig, ruhten aus, unbeweglich, die Köpfe gesenkt.

Ann hatte sich ihre Lederjacke über die Schultern geworfen; die Hände um die Knie gefaltet, saß sie vorm Feuer und verfolgte mit müden Augen die tanzenden Flammen. Chee stand schweigend an einen Felsblock gelehnt und strich gedankenvoll mit dem Finger über die Schneide seines Messers. Weit in der Ferne erhob sich plötzlich ein Heulen, hielt einen Augenblick an und verhallte.

Ann schrak auf. »Was war das?«

Chee hob den Kopf.

»Nichts weiter. Ein Kojote, so eine Art kleiner Wüstenwolf. Ungefährliche Tiere. Ein paar Nächte und Sie hören sie gar nicht mehr.«

»Trotzdem: Es klingt schaurig«, meinte Ann. »Überhaupt wimmelt diese Gegend von widerlichen kleinen Tieren: Vorhin wäre ich fast in ein Spinnennetz gelaufen, dann habe ich ganz aus Versehen einen hässlichen Käfer zertreten ...« Sie schauderte zusammen und zog sich die Jacke fester um die Schultern.

»Man braucht eben Zeit, um sich an die Wüste zu gewöhnen«, sagte Chee. Er schob das Messer in die Scheide und warf einen Armvoll trockene Zweige aufs Feuer.

»Seltsam«, plauderte Ann weiter, »bei uns in Georgia habe ich mich immer zu Hause gefühlt. Dort war alles heiter und lustig. Da gab es Hügel, Seen und weiße Häuser, von Fichten umgeben. Wälder, deren Bäume immer grün waren. Und hier? Hier ist alles unendlich, riesig, feindselig. Reiten wir auf einen Berg zu, dann sieht es aus, als rückte er immer weiter weg, je näher wir ihm kommen. Ich habe das Gefühl, als müssten wir jenseits dieser Felsen auf Hindernisse stoßen, die kein Mensch sehen, die aber auch niemand durchbrechen kann. Als ob dieses Land uns den Zutritt verwehren wollte. Haben Sie nie dieses Gefühl gehabt, Chee?«

Er blieb eine Weile stumm.

»Wie sonderbar«, sagte er schließlich, »vor längerer Zeit hat mir einmal jemand etwas Ähnliches gesagt! Es war der Leiter einer Gruppe von Leuten, die ich durch die Wüste führte. Er hatte dasselbe Gefühl wie Sie. Aber ich glaube, das geht jedem Weißen so, der zum ersten Mal durch das Apachengebiet reitet. Man könnte meinen, dieser Landstrich wollte sich von der Welt abschließen, vor der näher rückenden Zivilisation fliehen. Ich selbst habe nie etwas Derartiges empfunden; das liegt wohl daran, dass ich Indianerblut in mir habe. Für mich war das Land hier stets ein zuverlässiger Freund, der mir Nahrung bot, wenn mich hungerte, und der mich vor Gefahren schützte. Nur hier finde ich Frieden … nur hier fühle ich mich frei!«

Ann blickte auf.

»Sie sind ein seltsamer Mensch … Sehen Sie denn nicht, wie schrecklich hoch und weit hier der Himmel ist?«

»Ja und dabei ist er doch so schön!«

Chee wandte sich nach Westen, Ann trat neben ihn. Aus einer fernen Bergkette ragten zwei Gipfel von gleicher Gestalt. Bläulich weiß schimmerten sie im Mondlicht. Da und dort standen riesige Säulenkakteen und reckten ihre Arme wie Gespenster zum Himmel.

Chee deutete auf die beiden Gipfel.

»Der ewige Schnee«, sagte er.

Schweigend nickte Ann. Die majestätische Landschaft berührte sie tief und schloss ihr den Mund. Ein Windhauch spielte in ihrem Haar.

Schließlich riss sie sich aus ihrer Versunkenheit und wandte sich an Chee: »Sie haben recht: Es ist wirklich schön hier.«

Er lächelte ihr zu: »Ich wusste, Sie würden mein Land gernhaben.«

Dann kehrten sie wieder zum Feuer zurück.

»Erzählen Sie mir etwas, eine fröhliche Geschichte! Ich höre Sie so gern sprechen«, bat Ann.

Chee stocherte im Feuer.

»Was für eine Geschichte denn?«, fragte er.

»Was weiß ich? Ihre Lebensgeschichte?«

»Die ist aber gar nicht fröhlich«, sagte er leise.

»Das macht nichts; erzählen Sie nur«, ermunterte ihn Ann.

Da rückte Chee dicht neben sie.

»Gut, ich fange von vorn an. Meine Mutter heißt Nona. Sie war die schönste von allen Töchtern der ›White-Mountain-Apachen‹, der Apachen von den Weißen Bergen.«

»Wie sah sie denn aus?«, unterbrach ihn Ann.

»Sie hatte langes dunkles Haar, zu Zöpfen geflochten, die ihr bis an die Knie reichten, und große schwarze Augen. Freiheit und Unabhängigkeit gingen ihr über alles. Damals lebten die Apachen mit den Weißen in Frieden und Nona hatte oft von den Herrlichkeiten erzählen hören, die es in den großen Städten der Siedler zu sehen gab. Sie wollte sie unbedingt kennenlernen. So sattelte sie eines Nachts ihr Pferd, ohne jemandem etwas zu sagen. Nach tagelanger Reise kam sie endlich in eine amerikanische Stadt: nach Santa Fé.«

»Oh«, murmelte Ann, »die hatte Mut!«

»Ja«, erwiderte Chee, »so ist Nona: mutig und ausdauernd. – Sie werden sie kennenlernen.«

»Ich freue mich darauf!«, rief Ann. »Aber weiter!«

»Nun, Nona ging also durch die Straßen der amerikanischen Stadt. Es gab so viel zu sehen, dass sie nicht wusste, womit sie anfangen sollte. Aber auch sie wurde gesehen: Die Leute drehten sich nach ihr um, weil sie so schön war. Ab und zu wollte jemand sie ansprechen, aber sie verstand kein Amerikanisch. Und dann kam einer, der hatte lange Zeit bei den Apachen gelebt und verstand ihre Sprache. Er machte Nona klar, wie unvorsichtig sie sei, welche Gefahren hier in der fremden Stadt auf sie lauerten. Nona sah das ein und wollte zu ihrem Stamm zurückreiten – aber da war es zu spät: Es war inzwischen Winter geworden; unglücklicherweise hatte sie sich den Spätherbst für ihre Reise ausgesucht. Jener Mann (er hieß Patrick Williams) hatte Mitleid mit ihr und nahm sie bei sich auf. Er gewann sie lieb und heiratete sie, noch ehe der Frühling kam.«

»Das war Ihr Vater?«

Chee nickte.

»Ach und er hatte goldene Augen?«

Chee blickte sie verdutzt an.

»Woher wissen Sie das?«

Sie lachte leise.

»Sie haben doch seine Augen geerbt; ich bin ja nicht blind!«

Chee lächelte. »Es stimmt.«

»Und dann?«

»Im Frühling kehrten sie zum Stamm zurück.«

»Da werden die aber Augen gemacht haben!« Ann lachte.

»Allerdings; umso mehr, als Nona einem jungen Krieger versprochen war ...«

»Donnerwetter! Und dann?«

»Und der verlangte, mein Vater solle mit ihm kämpfen. Ein Zweikampf mit Messern, auf Leben und Tod. Mein Vater siegte und zum allgemeinen Erstaunen der Indianer ließ er seinen Gegner laufen, statt ihn niederzustechen. Dann nahm er Nona mit zurück nach Santa Fé und sie lebte mit ihm auf der Ranch. Wenig später wurde ich geboren. Ich ging in der Stadt mit den weißen Kindern zusammen zur Schule und wuchs dort auf. Aber eines Tages – das ist jetzt zehn Jahre her – wurde mein Vater ohne seine Schuld in einen Streit verwickelt und kam dabei um.«

»Wie traurig«, sagte Ann.

Chee strich sich über die Stirn.

»Ja, Nona und ich waren sehr unglücklich. Eine Zeit lang hat sie noch die Ranch verwaltet, aber sie bekam Heimweh nach ihrem Stamm. Und so verkaufte sie eines Tages unseren Besitz und kehrte zu den White Mountains zurück; mich nahm sie mit. Es wäre ihr wohl lieber gewesen, ich hätte vergessen, wie wir bis dahin gelebt hatten, und wäre ein richtiger Indianer geworden. Aber ich war in die Denkweise der Amerikaner hineingewachsen, ich dachte wie sie und sprach wie sie und ich konnte mich nicht daran gewöhnen, wie die Indianer zu leben. Am Anfang war ja alles neu und interessant für mich, aber bald bekam ich wieder Heimweh nach Santa Fé. Fünf Jahre lang habe ich die Wüste nach allen Richtungen durchstreift, manchmal allein, manchmal in Begleitung einiger Krieger; ich habe sie gründlich kennengelernt und weiß über jedes Wild hier Bescheid. Eines Tages hielt ich es dann nicht mehr aus; ich sagte meiner Mutter, ich hätte den Plan, wieder nach Santa Fé zu gehen und *Scout* zu werden.«

»Was ist denn das?«, fragte Ann.

»Ein *Scout* ist ein Mann, der die Wüste in- und auswendig kennt und der Leute hindurchführt, wenn sie von einem Land ins andere wollen. Dazu gehört die genaue Kenntnis der kürzesten Wege, der Gebiete, wo es Wild gibt, und vor allem der Wasserstellen. Meine Mutter widersprach nicht und so ging ich. Aber ich fand die Stadt nicht mehr so vor, wie ich sie gekannt hatte. Sie war größer geworden, neue Ansiedler waren da, die mir mit Verachtung begegneten. Ich traf wohl noch einige meiner alten Freunde wieder, aber es waren nicht mehr viele. Ich versuchte, mich als *Scout* zu bewerben, aber das war gar nicht so leicht; ich war zu jung – ich war ja erst siebzehn! Endlich klappte es doch. Eine Zeit lang führte ich also Leute durch die Wüste. Ich hatte nicht immer Glück dabei; von Zeit zu Zeit musste ich bei den Apachen unterkriechen. Manchmal ging ich auch wieder nach Santa Fé … aber nirgends fand ich Ruhe und Frieden. Irgendetwas treibt mich von einem Ort zum anderen … Die Apachen sagen, eine Hälfte meines Herzens sei bei den Weißen, die andere beim Stamm meiner Mutter … Ich glaube, sie haben recht.«

Er verstummte. Auch Ann schwieg. Wieder heulte der Kojote.

Nach einer Weile sagte Ann: »Sie pendeln also zwischen Ihrem Stamm und den Städten hin und her und nirgends fühlen Sie sich recht zu Hause? Aber das ist doch zum Verzweifeln, meinen Sie nicht?«

»Manchmal schon!«, seufzte Chee.

Nachdenklich starrte er in das verglimmende Feuer.

BEGEGNUNG IN DER EINÖDE

Es war der Nachmittag des dritten Tages, seit sie Mesilla verlassen hatten. Chee deutete auf eine Felsenklippe, die, fast senkrecht aufsteigend, den Horizont in der Ferne begrenzte.

»Wenn alles gut geht, sind wir heute Abend bei den White Mountains.«

Mit großen Augen blickte Ann zu der Steilwand hin; sie erschien ihr als eine glatte Mauer, durch die niemand hindurchgelangen könnte.

Ann hatte sich die Hemdärmel aufgekrempelt und die Hosenbeine bis zu den Waden hinauf umgeschlagen, ohne sich dabei Gedanken zu machen. Unter der Sonne war ihre Haut in den drei Tagen goldbraun geworden und sie hatte eine frische, gesunde Gesichtsfarbe bekommen. Sie schlief wie ein Murmeltier, aß für vier und sprang in den Sattel wie ein alter Cowboy. In all den Jahren seit dem Tod ihres Vaters hatte sie sich noch nie so froh und munter gefühlt wie jetzt, trotz der Anstrengungen der Reise. Aus reinem Übermut ließ sie ihr Pferd kleine Schlenker laufen und versuchte auch, es wie Chee mit den Knien zu leiten.

Sie spürte, dass Chee sie beobachtete, lachte hell auf und schüttelte ihre Locken.

»Was starren Sie mich so an, Chee?«

»Ich glaube, Sie wissen gar nicht, wie hübsch Sie sind!«, rief er bewundernd.

Ann wurde rot. Es war das erste Mal, dass ihr jemand so etwas sagte. Tante Adele hatte ihr eher beigebracht, sich für ein hässliches Entlein zu halten.

»Ich freue mich auf Ihre Mutter«, lenkte sie ab. »Ist sie immer noch so schön?«

»Ja, Nona ist immer noch schön ... freilich anders als in ihrer Jugend.«

»Ich bin wirklich sehr neugierig auf sie und auf den ganzen Stamm.« Sie warf Chee einen forschenden Blick zu. »Haben Sie eine Braut, die auf Sie wartet?«

»Nein!«

»Nein? Ja, gibt es denn dort gar keine hübschen Mädchen?«

»Oh doch!«

»Und wer ist die Hübscheste?«

»Die Hübscheste ...«, sagte Chee, »... die Hübscheste von allen ist Nah-lin, die ›Blume der Wälder‹. Sie ist so schön wie meine Mutter in ihrer Jugend und zugleich stolz und scheu. Sie war meine Freundin, als wir Kinder waren ... Gemeinsam sind wir Rehen nachgepirscht und haben Wild beobachtet. Wenn ich von Nah-lin spreche, sehe ich mich wieder als Junge durch Busch und Berge streifen, neben mir das kleine

Mädchen im roten Kleid, mit den langen schwarzen Zöpfen. Inzwischen ist sie eine junge Frau geworden; vielleicht ist sie sogar schon verheiratet.«

»So ...!«, sagte Ann nur. Dann warf sie ihr Haar zurück und klopfte Schawnee leise lachend den Hals.

»Haben Sie sie lieb?«, fragte sie.

»Ich ... ja ... das heißt, ich mag sie sehr gern.«

»So, so!«, sagte Ann noch einmal.

Dann drückte sie ihrem Pferd die Fersen in die Flanken und jagte in einer Staubwolke zwischen den Felsen davon. Chee sah nur noch ihr Haar im Wind fliegen.

Der Junge gab Ann einen Wink und legte die Hand an den Revolver. »Still!«, sagte er.

Beide brachten sie ihre Pferde zum Stehen.

»Da ist jemand«, erklärte Chee halb laut.

Sie hielten den Atem an und lauschten. Sosehr Ann die Ohren spitzte, sie hörte nichts; Chee aber blieb wachsam und behielt die Hand an der Waffe. Seine Stirn war gerunzelt, seine schmalen Nasenflügel bebten.

Plötzlich kam von den Felsen her ein Laut wie ein scharfes Kläffen. Ann sah Chee erschrocken an und war sehr überrascht, als sie sah, dass seine Züge sich entspannten. Er legte die Hand an den Mund und stieß einen ähnlichen Kläfflaut aus, dann trieb er sein Pferd vorwärts.

»Ein Freund!«, rief er Ann über die Schulter zu.

Ein Schatten fiel über den Weg, dann trat ein Mann

hinter einem Felsen hervor. Mit einem Ruck parierte Chee sein Pferd, als er dicht vor ihm stand. Der Fremde war ein Indianer; sein Gesicht mit dem schmalen, verkniffenen Mund und der Hakennase war wie aus Stein gehauen. Er trug einen Schurz, ein langärmeliges, kariertes Hemd und um den Kopf eine leuchtend rote Binde. In einer Hand hielt er ein großkalibriges Gewehr. Kein Muskel zuckte in seinem Gesicht.

Langsam hob er den Arm bis in Augenhöhe.

»*Sheekasay* – Bruder!«, sagte er gleichmütig.

Auch Chee hob den Arm; er schwieg dabei. Auf seinem Gesicht zeigte sich Besorgnis.

Der Fremde trat einen Schritt vor und begann, mit leiser Stimme zu reden; es war eine Sprache, die Ann nicht verstand. Chee hörte ihn wortlos an und nickte von Zeit zu Zeit. Endlich schwieg der Mann; nun fragte Chee etwas. Der Mann wies nach Westen und begann erneut, in seiner abgehackten Sprache zu reden. Von Zeit zu Zeit blickte er flüchtig zu Ann hinüber.

Als er fertig war, machte Chee mit halbem Lächeln eine Kopfbewegung zu Ann hin und sagte ein paar Sätze zu dem Indianer. Solange Chee sprach, ließ der andere sie nicht aus den Augen. Aus lauter Verlegenheit hob Ann den Kopf und schaute um sich. Sie bemerkte noch zwei Indianer, die weiter entfernt an einem Felsblock lehnten und die Gruppe beobachteten.

Chee sprach immer noch. Manchmal hielt er bei einem Ausdruck inne, zögerte, unterstrich dann seine

Worte mit lebhafter Gebärde. Plötzlich schwieg er und wandte sich Ann zu: »Es wird gefährlich, Ann. Die White Mountains haben sich mit Cochise verbündet, dem Häuptling der Chiricahuas.«

»Der … der was?«

»Der Chi-ri-ca-huas«, wiederholte Chee, indem er jede Silbe betonte. »Sie wissen doch sicher, dass die Apachen gegen die Amerikaner Krieg führen? Die Chiricahuas sind der mächtigste Stamm. Cochise, ihr Häuptling, ist in ganz Arizona bekannt.«

»So«, sagte Ann, sie hatte noch nie davon gehört.

»Der Häuptling der White-Mountain-Apachen, Klosèn, hat sich nun mit Cochise verbündet und ist mit fast allen seinen Kriegern zusammen mit Cochise und dessen Leuten zu einem Streifzug in den Süden des Landes in die Nähe der mexikanischen Grenze gezogen. Und weil die Alten, die Frauen und die Kinder unseres Stammes nicht ohne Schutz bleiben können, haben sie sich zu Cochises Stamm in die ›Dragon Mountains‹, die Drachenberge, begeben. Das ist drei Tage von hier entfernt. Wir können dorthin reiten – aber werden Sie den Ritt aushalten?«

Ann zuckte die Achseln: »Natürlich – aber …«

»Unsere Vorräte reichen nicht so lange. Wir müssen einen Umweg über San Remo machen und verlieren damit einen weiteren Tag. Was meinen Sie dazu?«

Ann hatte nichts dagegen einzuwenden.

Nun deutete der Indianer mit dem Finger auf sie und begann erneut, auf Chee einzureden. Der machte eine Bewegung der Ungeduld und antwortete kurz.

Ann wurde unruhig; sie hörte den Namen Cochise heraus; er kam mehrmals vor.

Endlich wandte sich Chee wieder zu ihr.

»Gut denn. Reiten wir los«, sagte er.

Zum Abschied hob er die Hand. Der Indianer grüßte ebenso, blieb stehen und sah ihnen nach. Chee und Ann wandten die Pferde und ritten in leichtem Trab den Bergen zu.

»Was hat er eigentlich alles erzählt?«, fragte das Mädchen, als sie außer Sicht des Indianers waren.

Chee antwortete nicht sogleich. Nachdenklich pfiff er durch die Zähne.

»Ich habe das Gefühl, Cochise wird nicht sehr erbaut sein, wenn ich Sie zu den Chiricahuas mitbringe«, sagte er schließlich.

»Was wird er tun?«, fragte Ann beunruhigt.

»Zum Glück ist er mit seinen Kriegern nach Mexiko hinuntergeritten; er wird mehr als einen Monat unterwegs sein. Bis dahin sind wir schon wieder weit fort«, antwortete Chee, ohne auf Anns Frage direkt einzugehen.

»Aber falls er früher zurückkommt, was dann?«, fragte Ann hartnäckig.

»Ich weiß nicht«, sagte Chee mit unbekümmerter Miene. »Wir werden's ja sehen.«

»Meinen Sie, er könnte uns umbringen?«

Chee blickte auf.

»Nein«, sagte er. »Das auf keinen Fall. – Morgen Nachmittag sind wir in San Remo, wenn nichts dazwischenkommt«, setzte er hinzu.

»Sind Sie dort schon mal gewesen?«

»Mehrmals – aber ich mag diese Stadt nicht.« Er musterte Ann mit besorgtem Blick: »Wird dieser Ritt auch nicht zu anstrengend für Sie?«

»Ganz und gar nicht! Ich habe mich nie so gut gefühlt wie jetzt!«

»Das höre ich gern«, sagte Chee lächelnd. »Übrigens, was halten Sie davon: Soll ich Ihnen ein bisschen Selbstverteidigung beibringen?«

Ann stieß einen Freudenschrei aus.

»Wollen Sie mir zeigen, wie man mit einem Revolver umgeht?«

Chee schüttelte den Kopf.

»Nein, das wäre zu gefährlich; man würde die Schüsse meilenweit hören und wir müssen vorsichtig sein. Aber das Messerwerfen will ich Ihnen zeigen.«

»Au fein!«, rief Ann.

Dann fuhr sie sich mit der Zunge über die trockenen Lippen. »Ich habe Durst.«

»Sind Sie sehr durstig oder können Sie es noch eine Weile ohne Wasser aushalten?«, fragte Chee. »Vor Abend werden wir keine Quelle erreichen.«

Ann zuckte die Achseln: »Wenn es nicht anders geht, dann habe ich eben einfach *keinen* Durst.«

Chee lächelte: »Ich muss Ihnen etwas gestehen.«

»Und das wäre?«

»Dass ich mich in Ihnen getäuscht habe.«

Verdutzt sah Ann ihn an.

»Tatsächlich. Wissen Sie, dass ich anfangs, bei unserem Aufbruch, das Schlimmste befürchtete?«

»Aber wieso denn?«

»Ich sagte mir, es sei eine Verrücktheit, Sie mitzunehmen: Sie würden die Strapazen nicht aushalten, Sie würden mir nur das Leben schwer machen ... Nun, ich habe schon manche Leute durch die Wüste geführt, aber ich muss sagen, Sie sind wirklich eine prächtige Reisekameradin!«

Ann wurde rot vor Freude und streckte sich stolz.

DER DÜRRE AST

Ann richtete ihren Blick auf Chee, der über den Hals seines Pferdes hinweg ins Weite starrte. Auf seinem Gesicht lag ein fremdartig bitterer Ausdruck; der Wind wehte eine Strähne des schwarz glänzenden Haares über seine Stirn. Das Mädchen schaute ihn lange an, tief in Gedanken versunken.

Plötzlich zuckte er zusammen und wandte sich ihr zu.

»Woran denken Sie, Ann? Warum schauen Sie mich so an? Gibt es an mir mehr zu sehen als in der Landschaft?«

Schawnee stolperte; das enthob Ann einer Antwort. Dann ließ Chee sein Pferd rascher ausgreifen. So ritten sie lange, ohne ein Wort zu sagen; sie waren beide verlegen geworden und wussten nicht, warum.

»Wir wollen hier rasten«, sagte endlich Chee. »Die Quelle ist drüben, jenseits des Felsens. Hoffentlich führt sie Wasser.«

Die Pferde witterten die Feuchtigkeit und liefen rascher. Dann blieben sie plötzlich mit kurzem, hellem Aufwiehern stehen und senkten die Köpfe.

»Leer!«, rief Chee enttäuscht.

Sie beugten sich über das ausgetrocknete Bachbett. Hier und da glänzten zwischen kleinen Sandbänken ein paar Pfützen brackigen Wassers.

»Für uns haben wir ja zum Glück noch einen Schluck«, meinte Chee, »aber die Tiere …«

Sein Pferd streckte den Kopf vor, aber er zog es am Zügel.

»Kommt nicht infrage, alter Freund; das Wasser da ist nicht gesund für dich! – Wir müssen trotzdem hierbleiben«, fuhr er fort, »hier ist die einzige Stelle, wo wenigstens in der Luft ein bisschen Feuchtigkeit ist.«

»Könnten wir denn nicht dem Bachbett aufwärts folgen? Vielleicht finden wir weiter oben noch Wasser.«

»Das ist zwecklos«, erwiderte Chee. »Der tiefste Punkt ist hier … und da das Bett hier so gut wie trocken ist …«

Er beendete den Satz nicht und sie stiegen ab. Dann führten sie die Pferde von der Quelle fort, ein paar Meter zur Seite.

»Wir werden sie heute Nacht anbinden müssen«, meinte Chee, »sonst trinken sie von diesem Schmutzwasser.«

Er knotete Schawnees und Kiuws Zügel zusammen und band sie an einem Strauch fest.

»Die armen Tiere!«, sagte Ann mitleidig.

»Zum Glück haben wir morgen nicht mehr sehr weit zu reiten… Wie viel Wasser haben wir denn noch?«

Er nahm die Flasche und schüttelte sie. Ann leckte sich über die trockenen Lippen.

»Halb voll, das geht gerade noch«, sagte er.

Es dämmerte. Ann war zu dem Dorngebüsch oberhalb des Lagerplatzes hinaufgestiegen, um trockenes Holz fürs Feuer zu sammeln. Mit einem großen Arm voll Reisig wollte sie gerade wieder zurückkehren; es wurde allmählich dunkel und noch länger hier herumzuklettern, wäre gefährlich gewesen. Da sah sie vor sich, quer überm Pfad, einen langen Ast liegen und bückte sich, um ihn noch mitzunehmen.

Aber mit einem Schreckensschrei ließ sie ihr Reisig fallen: Zischend fuhr der Ast auf sie los und schlang sich um ihren linken Arm.

Soweit sie konnte, streckte sie den Arm von sich – da sahen ihre angstvoll aufgerissenen Augen einen widerlichen Kopf mit dreieckigem Maul auf sich zuschnellen und zwei kleine grünliche Augen funkelten sie an.

Starr vor Entsetzen stand Ann da. Sie wagte nicht zu atmen. Das Tier glitt an ihrem Arm hinauf.

»Chee!«, schrie sie.

Das Reptil zischte und wiegte den kleinen Kopf hin und her.

Das alles hatte nur Sekunden gedauert, da hörte Ann das dürre Reisig unter Chees Mokassins krachen.

Er riss sein Messer heraus, aber die Schlange spürte die drohende Gefahr, schnellte blitzartig den Kopf vor; wand sich im selben Augenblick unglaublich rasch von Anns Arm und verschwand im dunklen Gesträuch. Gleichzeitig stieß Ann einen matten Schmerzensschrei aus.

Im Nu war Chee bei ihr und fasste ihren Arm: Etwas oberhalb ihrer Armbeuge ließ sich eine kleine, violett gefärbte Wunde erkennen.

»Sie hat mich gebissen! Oh, tut das weh!«, jammerte Ann.

Chee biss die Zähne zusammen und hob das Messer.

»Still halten! Keine Angst!«, befahl er kurz.

Genau über der Wunde machte er einen Schnitt; ein paar Tropfen Blut traten heraus. Ann biss sich auf die Lippen, um nicht vor Schmerz zu schreien. Sie sah, wie Chee sich über sie beugte; sie begriff …

»Nein! Tun Sie das nicht!«

Fast roh hielt Chee ihren Arm gepackt.

»Wollen Sie vielleicht sterben?«, fragte er.

»N…nein«, stammelte Ann. Ein wilder Schmerz zuckte in ihrem Unterarm bis zur Schulter hinauf. »Nein!«, stöhnte sie noch einmal.

Da presste Chee schon seine Lippen auf die Wunde und saugte das Gift heraus. Ann schloss die Augen und musste sich gegen einen Felsen lehnen.

»Jetzt werden *Sie* sterben«, ächzte sie; vor Schmerz kniff sie die Augen zusammen, ihr Gesicht verzerrte sich.

»Das glaube ich nicht«, sagte er trocken. »Nur noch ein bisschen tapfer sein!«

Endlich richtete er sich auf und wischte sich den Mund mit dem Ärmel ab.

Er hob sein Messer auf, das zu Boden gefallen war, schnitt einen Streifen Stoff von seinem Hemd und verband die Wunde, aus der ein wenig Blut bis zur Hand hinabrann.

Ann war gegen den Felsen gesunken; ein nervöses Zittern schüttelte sie, sosehr sie auch dagegen anging. Schweigend ließ sie sich verbinden. Dann blickte sie Chee an; immer noch stand Entsetzen in ihren weit offenen Augen.

»Nun haben Sie mir wohl das Leben gerettet?«

Er knüpfte den Verband fest, dann wischte er ihr mit einem weiteren Fetzen seines Hemds das herabgelaufene Blut vom Arm.

Sie strich sich über die feuchte Stirn und versuchte, sich aufzurichten; der Schmerz in ihrem Arm schien unerträglich zu sein. Sie klammerte sich an Chee und stieß unter Stöhnen hervor: »Au! Tut das weh! Warum musste nur gerade dort diese Schlange liegen! Ach Chee, ich hab solche Schmerzen …!«

»Komm nur!« Wie ein kleines Kind nahm er sie auf die Arme und trug sie zum Lagerplatz. Dort setzte er sie auf die Erde und schob ihr einen der Sättel in den Rücken. Dann kniete er sich neben sie, nahm ihren Arm und hielt ihn an seine Brust. Ann biss die Zähne zusammen und stöhnte.

»Schau mich an!«, forderte er sie auf.

Sie hob den Kopf.

»Du hast keine Schmerzen mehr!«, sagte er nach einer Weile.

Ann nickte verzagt. »Doch ... doch ...«, flüsterte sie.

»Sie werden gleich vergehen ... Entspanne dich, versuche, an etwas Schönes zu denken!«

Sie ließ den Kopf zurücksinken, schloss die Augen und spürte, dass Chees Finger über ihren verletzten Arm strichen, so sanft, dass sie die Berührung kaum wahrnahm.

»Du wirst dich besser fühlen ... gleich wirst du dich besser fühlen ...« Seine Worte waren nur ein Hauch; sie vernahm sie kaum.

Wenig später war ihr, als ließe der Schmerz nach. Ein ganz neues Gefühl von Frieden und Ruhe hüllte sie ein.

»Chee ... es tut fast gar nicht mehr weh! Wie wunderbar!«, murmelte sie.

»Ich weiß«, antwortete er. »Aber nun bleib auch schön liegen!«

Ann nickte. Sie glaubte, zu schwimmen, weit ins Unendliche zu schweben. Die Augen fielen ihr zu.

Fern in den Bergen heulte ein Kojote.

Erschrocken fuhr Ann aus dem Schlaf. Sie schlug die Augen auf und sah, dass Chee neben ihr kniete und ihren verletzten Arm hielt. Als Ann sich regte, richtete er sich ein wenig auf.

»Was ... was ist denn geschehen?«, fragte sie. Die Schmerzen in ihrem Arm waren fast völlig verschwunden. Sie merkte, dass Chee sie inzwischen zugedeckt hatte.

»Sie haben geschlafen«, sagte er.

Nun richtete auch Ann sich auf.

»Ich habe geschlafen? Ist das wahr? Wie lange denn?«

Chee hob die Schultern. Sie sah ihn im Dunkeln nur wie einen Schatten.

»Zehn Minuten? Eine halbe Stunde? Ich weiß es nicht.«

»Und Sie? Was haben Sie inzwischen getan?«

Er blickte zu Boden.

»Ich habe bei Ihnen gesessen.«

Ann antwortete nicht. Da nahm Chee ihre Hand in die seine und diese vertrauliche Berührung tat ihr wohl. Sie lächelte.

»Wie lieb Sie sind, Chee… Wissen Sie, mein Arm tut kaum noch weh.«

»Morgen ist alles wieder gut«, versprach er.

Das Mädchen schauderte zusammen: »Oh, was war das doch für eine schreckliche Geschichte!«

Chee drückte ihre Hand so fest, dass es fast schmerzte: »Still! Denken Sie nicht mehr daran!«

Wieder heulte in weiter Ferne der Kojote. Eines der Pferde wieherte klagend nach Wasser.

»Ach, könnte ich doch mein ganzes Leben so liegen bleiben«, flüsterte Ann nach kurzem Schweigen.

»Leider ist das nicht möglich«, gab Chee leise zurück.

Sie konnte sein Gesicht nicht erkennen, aber sie spürte seinen goldenen Blick auf sich ruhen – mit solcher Kraft, dass sie bebend die Augen schloss.

»Warum sehen Sie mich so an?«, fragte sie tonlos.

Beide mussten sie bei diesem Satz an etwas denken – an etwas, das sich heute, vor ein paar Stunden erst, zugetragen hatte …

Mit geschlossenen Augen hörte sie Chees Stimme. Er sprach langsam und so leise, dass sie sich anstrengen musste, um ihn zu verstehen.

»Ich muss es Ihnen sagen … wenn ich auch weiß, dass ich kein Recht dazu habe: Ich habe Sie lieb, Ann.«

Das Mädchen zuckte zusammen.

»Warum sollten Sie kein Recht dazu haben?«, fragte sie.

Sie fühlte, wie Chees Hand sich fest um die ihre schloss.

»Sie wissen es doch«, sagte er leise und lachte bitter auf. »Warum wollen Sie, dass ich es ausspreche? Sie wissen doch, dass ich nicht zur selben Rasse gehöre wie Sie …« Er hielt inne. »Bitte«, flüsterte er dann, »bitte, vergessen Sie, was ich gesagt habe.«

Chees Finger lösten sich sachte von ihrer Hand, einer nach dem andern. Ann fühlte ein Weinen in ihrer Kehle aufsteigen.

»Das ist mir doch gleich!«, rief sie aus. »Völlig gleichgültig ist mir das! Ich habe Sie doch auch lieb; ich kann ja nichts dagegen machen … Ach Chee, ich bin so unglücklich!«

Da sprang Chee jäh auf. »Ich mache Feuer«, sagte er und verschwand im Dunkel der Nacht.

Ann schloss die Augen. Sie fragte sich, ob sie wohl träume. Ihr war es, als hätte seit ein paar Tagen ein anderes Mädchen die Stelle jener blassen und unbedeutenden, jener hochmütigen und eigensinnigen Ann Morrison eingenommen, die mit brav im Schoß gefalteten Händen in dem kleinen Tucsoner Zug gesessen hatte. Endlich war sie zu dem geworden, was sie schon immer hätte sein sollen: zu einem fröhlichen, jungen Mädchen, dessen Haut die Sonne bräunte, das mit großem Staunen eine unbekannte Welt entdeckte – und dabei zum ersten Mal erfuhr, wie das war, wenn man einen Menschen wirklich lieb hatte. So ganz anders, als sie es aus Romanen und illustrierten Heften kannte.

Wie ist das Leben doch seltsam, dachte sie, aber schön, wunderschön!

GEFÄHRLICHER ZWEIKAMPF

»Den Arm heben, Ann … Achtung! … etwas vorbeugen … so – los!«

Das Messer schwirrte durch die Luft und – fiel flach in den Sand. »Es gelingt mir einfach nicht!«, rief Ann ärgerlich.

Chee lachte und hob das Messer auf.

»Spielt keine Rolle; ich hab es beim ersten Mal auch nicht besser gemacht.«

»Das sagst du nur, um mich zu trösten«, schmollte Ann. »Es ist doch sicher schon das zehnte Mal, dass ich's versuche!«

»Hundert Mal musst du's üben«, sagte Chee lachend. »Aber kannst du überhaupt noch – dein linker Arm ist doch noch ziemlich steif?«

Als Antwort streckte Ann nur die Hand aus. Und wieder hob sie den rechten Arm und warf die Klinge; sausend beschrieb diese einen Bogen, bohrte sich in den Boden und blieb zitternd stecken.

Ann klatschte in die Hände: »Endlich!«

»Bravo!«, rief Chee.

Er bückte sich und zog das Messer heraus.

»Gleich noch einmal!«, sagte er.

Und wieder warf das Mädchen das Messer mit Erfolg.

»Wenn das so weitergeht, werde ich noch Meisterin!«

Die Zungenspitze zwischen den Lippen, zielte sie genau. Wieder schwirrte das Messer durch die Luft – prallte gegen einen Stein und flog ein Stück zur Seite. Ann verzog enttäuscht das Gesicht.

Chee aber lachte, lief und holte das Messer.

»Man soll sich eben nie selber loben«, sagte er.

Plötzlich wurde Anns Blick starr und schon lag sie auf dem Boden. Chee folgte blitzschnell. Ann stützte sich auf den Ellbogen und wies in die felsige Ebene hinaus: Da war soeben, nur ein paar hundert Meter entfernt, ein Reitertrupp aufgetaucht! Auf allen vieren kroch Chee zu ihr und fasste ihren Arm.

»Wenn sie uns nur nicht schon gesehen haben!«, flüsterte sie.

Chee beobachtete die Reiter mit zusammengekniffenen Augen.

»Ich glaube nicht. Aber zum Fortreiten ist es zu spät. Sie würden uns abschießen… Wir müssen uns verstecken.«

Geduckt liefen sie zum Lagerplatz. Schon wurde der Hufschlag deutlich hörbar. Chee band die Pferde los und warf Ann die Zügel zu.

»Hier, nimm die Tiere und führe sie hinter den Felsen dort!«

Während sie die Pferde versteckte, streute er die Reste des Feuers auseinander und zog eine Decke über den Boden hin, um die Spuren zu verwischen.

Immer näher kam der Reitertrupp.

Hinter dem Felsen stand Ann, hielt die beiden Pferde am Zaum und verfolgte mit angstvollem Blick Chees Bewegungen. Und plötzlich sah sie: Da lag ja noch ihr roter Seidenschal am Boden! Ein heftiger Schreck durchfuhr sie.

»Chee! Der Schal!«, schrie sie auf.

Mit einem Blick überschaute Chee die Lage. Die Reiter waren bereits so nahe, dass er sie sprechen hörte. Er warf sich die Decke über die Schultern, war in zwei Sätzen bei dem Schal und raffte ihn auf; dann kletterte er flink wie eine Katze über die Felsen und kam zu Ann.

Es war höchste Zeit. Schon war der Reitertrupp da: fünf, sechs Mann, bärtig und struppig, mit wüsten Gesichtern. Sie zügelten ihre Pferde, als sie an den Bach kamen, sahen, dass er trocken war, und schrien und fluchten wütend durcheinander, dass es weithin schallte. Chee und Ann sahen einander an und hatten beide denselben Gedanken: Gut, dass wir uns versteckt haben!

»Teufel auch!«, fluchte ein Riese mit grauem Bart. »Und noch zwei Stunden bis San Remo!«

»Ich könnt verrecken vor Durst!«, brüllte sein Nachbar. »Und meinem Gaul geht's nicht anders!«

»Da stehst du nicht allein«, sagte ein dürres Knochengestell und grinste.

»Schluss!«, kommandierte nun einer, der die Uniform der Armee trug. »Zehn Minuten Pause, dann geht's weiter!«

Dieser Letzte schien Befehlsgewalt zu haben, denn nun stiegen alle von den Pferden. Einer setzte sich auf einen Stein und stopfte sich eine Pfeife, ein anderer streckte sich lang auf dem Boden aus und zündete sich eine Zigarre an, die Übrigen machten sich daran, ihren abgejagten, schweißnassen Tieren die Sattelgurte zu lockern.

»Wenn sie sich nur nicht einfallen lassen, die Umgebung abzusuchen!«, flüsterte Ann.

»Ich glaube kaum … Sie sind zu müde. Wie Banditen sehen sie eigentlich nicht aus – aber wir wollen lieber vorsichtig sein.«

Ann war der gleichen Meinung. Minuten bangen Wartens verstrichen.

Und dann geschah plötzlich das Unglück: Schawnee wurde von einer Bremse gestochen. Hell aufwiehernd stieg er vorn hoch, dass seine Mähne im Winde flatterte; dann jagte er im Galopp den felsigen Hang hinab.

Entsetzt packte Ann Chees Arm.

Das Pferd stürmte mitten unter die verblüfften Männer und bäumte sich noch einmal auf. Einer sprang zu, ergriff die Zügel und hielt das Tier fest.

»Da schau einer an! Wo kommt denn der Gaul auf einmal her?«

»Da muss auch einer sein, dem er gehört!«, rief der Graubart.

Er legte die Hände um den Mund und rief in Richtung der Felsen: »He! Hallo! Rauskommen da oder wir holen dich!«

Chee biss die Zähne zusammen: »Was jetzt auch kommen mag, Ann, lass du dich nicht blicken! Bleib im Versteck!«

»Aber ...«, wollte sie einwenden.

»Na – wird's bald?«, schrie der Mann wieder.

»Bleib im Versteck, Ann!«, warnte Chee noch einmal.

Ann kauerte sich an dem Felsen nieder und nickte.

Mit einem Satz sprang Chee auf einen Felsblock und stand nun hoch aufgerichtet den Männern gegenüber. Alle Blicke wandten sich zu ihm. Der Soldat lachte laut auf: »Eine Rothaut! Schau mal einer an!«

»Ist das dein Gaul da?«, erkundigte sich der Bärtige.

»Ja«, zischte Chee durch die Zähne.

»Warum versteckst du dich denn? Hast du Angst?«

Hohngelächter klang auf.

»Leider gibt es hierzulande nicht bloß ehrliche Leute«, antwortete Chee.

»Wie? Für Spitzbuben hältst du uns?«

»Das habe ich nicht gesagt! – Aber nun lassen Sie doch bitte mein Pferd laufen ...«

»Halt's Maul, Bursche!«, brüllte der Soldat ihn an. »Wer sagt uns denn, dass das wirklich *dein* Gaul ist?«

Ohne sich zu Ann umzuwenden, zischte Chee leise: »Das geht nicht gut! Bleib du ja im Versteck!«

Und laut rief er: »Mein Wort muss Ihnen genügen!«

Der Mann, der Schawnee hielt, fing laut an zu lachen.

»Na schön ... Wenn das wirklich dein Gaul ist – hol ihn dir!«

Ein kurzes Schweigen folgte. Chee bebte vor Zorn.

»Diese Halunken!«, fluchte er. Dann ließ er sich kurz entschlossen von dem Felsen herabgleiten und ging, ohne ein Wort zu sagen, auf den Mann zu, der Schawnee hielt. Er sah ihm fest in die Augen und fasste den Zaum.

»Finger weg!«, grollte der Mann. »Wer sagt uns, dass du den Gaul nicht geklaut hast?«

Chee zuckte zusammen. Rasch blickte er um sich: Die Kerle maßen ihn mit höhnisch drohenden Blicken. Nur der Gedanke an das Mädchen, das sich seinem Schutz anvertraut hatte, hinderte ihn daran, dem erstbesten dieser Schufte an die Gurgel zu springen. Besser, man regelte die Sache im Guten.

»Bitte hören Sie mich an, meine Herren«, sagte er. »Ich gebe zu, es war ein Fehler, dass ich mich versteckte. Aber ich bin überzeugt, jeder von Ihnen hätte an meiner Stelle das Gleiche getan. Sie mögen ja durchaus ... hm ... ehrliche Leute sein; aber Sie werden verstehen, dass einer, der allein reist, doch auch das Recht hat, vorsichtig zu sein.«

Plötzlich packte ihn das Totengesicht beim Arm und riss ihn herum: »Kein langes Gerede, roter Gauner! Wo hast du den Gaul geklaut?«

Aber da war er an den Falschen geraten: Chee geriet in Wut – im nächsten Augenblick lag der andere am Boden. Doch schon fasste der Mann, der Schawnee angehalten hatte, Chee an der Schulter und führte einen Fausthieb gegen ihn. Chee wich zur Seite und schlug zurück. Der Mann wankte einen Augenblick, aber dann riss er den Revolver heraus und griff erneut an. Wie ein wildes Tier fuhr Chee auf ihn los, packte seinen Arm und verdrehte ihm die Hand. Der andere drückte ab, der Schuss ging mit lautem Krach in die Erde.

Der Soldat hatte sich bis jetzt noch nicht gerührt; nun sprang er seinem Kameraden bei und schwang von rückwärts den Flintenkolben auf Chee. Der duckte sich und warf sich zur Seite, nicht weit genug: Der Kolben traf ihn an der Schulter. Trotzdem konnte er dem ersten Gegner noch einen Fußtritt versetzen, der den Mann zu Boden warf. Dann fuhr er herum und landete einen Boxhieb auf der Nase des Soldaten. Der ließ brüllend die Flinte fallen und taumelte rücklings gegen einen Felsen; da stand er und befühlte seine Nase.

Jetzt riss der graubärtige Riese die Flinte vom Boden hoch und ging auf Chee los. Der warf sich ihm keuchend entgegen, obwohl ihm seine Schulter schmerzte; er fühlte, er würde sich nicht mehr lange halten können. So setzte er alles auf eine Karte und sprang den Riesen an, um ihm die Flinte zu entreißen.

In diesem Augenblick lief einer der übrigen Männer heran und hieb Chee von hinten den Revolverknauf auf den Kopf. Chee taumelte und sackte lautlos in sich zusammen.

Hilflos vor sich hin schluchzend stand Ann in ihrem Versteck.

»Oh, diese Banditen! Diese Kojoten! Diese Schakale! Was machen sie nur mit Chee!«

Jäh verstummte sie; ihr war klar geworden, dass nun *sie* etwas unternehmen musste. Aber wie und was? Sie hatte keine Waffe, sie hatte keine Kraft, nichts … oder doch fast nichts.

Sie wischte sich mit der Hand die Tränen ab. Dann kletterte sie rasch zur Kante des Felsen hinauf.

ANN GREIFT EIN

»Hallooo!«, rief sie schallend.

Die Männer fuhren herum.

»Aber … aber das ist ja ein Mädchen!«, stotterte das Knochengestell.

Sein Kamerad stieß ihn in die Rippen: »Eine Dame, Jones! Den Hut runter!«

Mechanisch nahm Jones den Hut vom Kopf.

Ann oben auf dem Felsen zwang sich zu einem Lachen.

»Guten Morgen, meine Herren! Wie es scheint, hat es Krach gegeben. Das müssen Sie mir gleich mal erzählen!«

Mit Kiuw am Zaum kam sie, so ungezwungen sie konnte, den Hang herab. Der Soldat ging ihr ein paar Schritte entgegen und verbeugte sich.

»Soldat Wells, dritte Kavallerie… Habe die Ehre, Miss!«

Trotz seiner zerschlagenen Nase brachte er ein Lächeln zustande. Ann lächelte zurück.

»Sehr erfreut, meine Herren… Ich bin entzückt Ihre Bekanntschaft zu machen… nein, wirklich: entzückt!«, setzte sie mit besonderem Nachdruck hinzu.

Dann wurde ihr Blick plötzlich starr: Über die Schulter des Soldaten hinweg sah sie Chee am Boden liegen; er kam gerade wieder zu sich. Sie presste die Lippen zusammen, zwang sich, die Augen abzuwenden, und noch einmal gelang ihr ein Lächeln.

»Was ist denn eigentlich los, Mr Wells? Ich hatte meinen Führer hiergelassen, während ich selbst die Gegend erkundete, und nun komme ich zurück und sehe hier die Rauferei!«

Wells hüstelte verlegen.

»Eh… Sie hätten doch nicht… einem solchen Kerl trauen sollen, der…hem… ja schließlich kein Weißer ist, und… na ja… er hätte am Ende… eh – aber was ist denn mit Ihnen?«

Anns graue Augen schossen wütende Blitze und ihre Hände ballten sich krampfhaft um Kiuws Zaum. Wells hielt ihrem Blick nicht stand.

»Ich kenne Chee seit meiner Kindheit und ich stehe für ihn ein! Im Übrigen tue ich, was mir gefällt!«, versetzte sie schroff. Dann fand sie ihr Lächeln wieder. »Also bitte: Was ist hier vorgefallen?«

»Ich… eh… na ja…«, fing Wells an.

Aber Dickins, der graue Riese, legte ihm die Hand auf die Schulter: »Lassen Sie mich erzählen!«

Er hüstelte.

»Also… stellen Sie sich vor: Wir hatten hier haltgemacht. Mr Wells, nichts Böses ahnend, hatte seine… eh… kostbare Tabaksdose auf dem Boden liegen lassen…«

Ann ahnte schon, was kommen würde; sie musste an sich halten, um dem Mann nicht an die Kehle zu springen.

»Kurz und gut, wir ruhten uns aus, da höre ich auf einmal ein leises Geräusch hinter mir. Ich gucke mich um und sehe den Bengel da« – er wies mit dem Daumen über die Schulter auf Chee – »den Bengel da, wie er… eh… das Portemonnaie einstecken will.«

»Die Tabaksdose«, verbesserte Ann eiskalt.

»Ach natürlich, ja, das habe ich doch auch gesagt, oder? Also, wo war ich stehen geblieben? Na ja: Er wollte die Tabaksdose gerade einstecken, da ging unser tapferer Jones« – er zeigte auf das Knochengestell, das sich sogleich stolz in die Brust warf – »unser tapferer Jones, der die Gefahr erkannt hatte, auf den Dieb los. Aber leider kostete ihn sein Heldenmut drei seiner Zähne!«

»Der arme Jones!«, flötete Ann mitleidig.

»Ja, nicht wahr? Und nun betrat dieser mutige Mann« – Kopfnicken zu Wells hin – »den Schauplatz. In furchtbarem Ringen konnte er endlich den Räuber überwältigen und so, Miss« – Verbeugung – »nahm unser heldenhafter Kampf ein Ende.«

Ann war beim Anhören dieser Geschichte vor Zorn bleich geworden; nun streckte sie den Arm gegen Dickins aus und rief: »Ja, Sie sind … Sie sind wirklich Helden!« Dabei konnte sie ein Aufschluchzen nicht ganz unterdrücken.

»Ja, nicht wahr?«, grinste der Graubart.

»Aber Sie weinen ja!«, rief Wells, der schon eine Zeit lang beobachtete, wie sich die Züge des Mädchens verzerrten.

Ann hob das Kinn und lächelte krampfhaft.

»Ich? Keineswegs! Ich … ich spreche den Opfern dieses heldenhaften Kampfes mein Beileid aus und wünsche Ihnen baldige Wiederherstellung. Aber nun«, setzte sie hinzu, »wüsste ich gern, was Sie mit Chee zu tun beabsichtigen.«

Sie trat vor, schob die Männer beiseite und stand nun vor Chee, der noch immer am Boden lag. Blut rann ihm über die Wange; er beobachtete die Szene durch die halb geschlossenen Lider. Ann spürte, dass ihr Mut sie verlassen wollte. Langsam wandte sie sich zu den Männern um.

»Also, meine Herren, Sie scheinen sich diesen Jungen ja gehörig vorgenommen zu haben. Ich denke, Sie könnten ihn jetzt laufen lassen.«

»Kommt nicht infrage!«, brüllte Wells. »Wir nehmen

ihn mit nach San Remo. Dort kommt er vor Gericht und Sie können sicher sein, er kriegt ein paar Jahre.«

»Nein!«, schrie Ann verzweifelt auf. »Meine Herren, das ist doch einfach lächerlich! Das können Sie nicht tun! Schließlich ist das doch kein so großes Verbrechen ...«

»Sie haben gut reden! Sie haben ja auch Ihre Zähne noch alle!«, sagte Jones wütend.

Er schob den Mann, der vor ihm stand, beiseite, trat zu Chee und versetzte ihm einen Fußtritt.

»Hören Sie auf!«, schrie das Mädchen.

Bittend wandte sie sich an die Übrigen: »Meine Herren ... tun Sie mir den Gefallen! Was soll mein Vater sagen, wenn ich ohne meinen Führer heimkomme? Bitte, beweisen Sie Ihren edlen Charakter!«

Mit Tränen in den Augen legte sie Wells die eine, Dickins die andere Hand auf die Schulter: »Bitte, meine Herren, zeigen Sie sich menschlich!«

Rasch drehte Wells sich zu den anderen um: »Also, bindet ihn los!«

»Ich denke nicht dran!«, widersprach einer. »Ich hätte Lust, das Bürschchen da ins Jenseits zu befördern!«

Anns Hand ruhte noch immer auf Wells' Schulter; sie zitterte ein wenig.

»Bindet ihn los!«, wiederholte Wells.

»Ich hab das Gefühl, bei der Geschichte stimmt was nicht«, meinte ein anderer auf einmal. »Merkt ihr denn nicht, dass die hübsche Kleine den Burschen um jeden Preis freihaben will? Wer weiß, was sie uns verheimlicht ... Ich traue der Sache nicht!«

»Was willst du damit sagen, James?«, grollte Dickins.

Der Mann schob seinen Kautabak in die Backentasche und spie einen gelblich braunen Strahl nach Chee. Ann schüttelte sich vor Ekel.

»Seht doch, wie sie zittert!«, rief der Mann hämisch.

Er stemmte die Hände in die Seiten, stellte sich vor Ann hin und musterte sie grinsend.

Ann stand wie auf glühenden Kohlen; sie trat auf den Rüpel zu und verabreichte ihm eine schallende Ohrfeige.

»Flegel!«, rief sie. »Sie wagen es, hier dunkle Anspielungen zu machen und an meinem Wort zu zweifeln!«

Sie griff sich an die Stirn und wandte sich den Übrigen zu: »Und Sie? Sie lassen zu, dass man mich beleidigt? Na, meine Herren – ich dachte, ich hätte es mit Gentlemen zu tun!«

»Das sind wir auch!«, donnerte Dickins, stürzte sich auf James und legte ihn mit einem Fausthieb in den Sand.

»Noch jemand, der Appetit hat?«, fragte er und blickte herausfordernd in die Runde.

Wie wilde Tiere knurrten die Männer und wichen zurück.

»Dickins, Sie sind wunderbar!«, flötete Ann.

Wells griff nach seiner zerschlagenen Nase, dann räusperte er sich.

»Bindet ihn los!«, befahl er zum dritten Mal und Ann bot ihm mit strahlendem Lächeln die Hand zum Kuss.

Dickins selbst kniete neben Chee nieder und schnitt seine Fesseln durch. Dann packte er ihn bei beiden Schultern und stellte ihn auf die Füße. Chee lehnte sich schwer atmend an einen Felsen; die Haare hingen ihm wirr ins Gesicht.

Das Spiel musste bis zu Ende gespielt werden.

Ann trat auf Chee zu und schüttelte ihn am Arm.

»Also, Chee! Diesmal bist du noch gut davongekommen, weil diese Herren hier sehr großmütig sind. Geh in dich und lass dir das eine Lehre sein!«

Chee blickte auf. Bittend sah er das Mädchen an und deutete dann mit den Augen auf seinen Arm. Ann begriff und ließ ihn sofort los.

Lächelnd drehte sie sich nach den Männern um: »Meine Herren, das ist wirklich edel von Ihnen … Ich bin ja untröstlich, dass Chee Ihnen so viel Ärger gemacht hat … Aber ich wusste ja, Sie würden ihm nichts nachtragen … Wirklich, Sie sind wahre Gentlemen!«

»Hm, ja«, räusperte sich Wells. »Brauchen Sie uns noch? Was ich sagen wollte: Könnte man Sie nicht mal wiedersehen?«

Ann zwang sich zu einem koketten Lächeln: »Nun, vielleicht … wer weiß …?«

Die Männer holten ihre Pferde und saßen auf. Einer trat zu James, der immer noch im Sand saß, und half ihm in den Sattel.

Ann war am Ende ihrer Kräfte.

»Sollen wir Sie nicht doch lieber bis in die Stadt begleiten?«, erbot sich Wells.

Ann schüttelte den Kopf.

»Nein … Chee kann noch nicht wieder reiten; außerdem möchte ich ihm erst noch gehörig die Meinung sagen. Den Leuten Tabaksdosen stehlen – pfui!«

Trotz seiner geschwollenen Nase lachte Wells laut auf.

»Dann geben Sie's ihm nur ordentlich!«, spottete er. Vertraulich beugte er sich zu Ann herab: »Also heute Abend? In Jimmy's Bar?«

Ann lehnte sich gegen einen Felsblock.

»Na ja, vielleicht …«

Mit Siegermiene warf Wells den Kopf in den Nacken und hob die Hand. Die Pferde trabten an. Das Mädchen grüßte anmutig und warf Kusshände in die Runde. Mit dröhnendem Hufschlag zog der Trupp an ihr vorbei und ritt davon.

Als nichts mehr zu hören war, wandte Ann sich zu Chee, der immer noch an dem Felsen lehnte. Erschöpft sank sie neben ihm in den Sand …

DIE INDIANER

In San Remo löschten sie ihren Durst, ließen die Pferde trinken und kauften Lebensmittel, dazu einen großen bunten Strohsombrero. Dann setzten sie ihren Ritt fort.

Am Spätnachmittag des folgenden Tages sahen sie von der Kuppe eines Hügels aus ein breites, glitzerndes Band, das sich durch die rötliche Wüstenerde zog. Ann sah Chee an: »Aber das ist doch unser Fluss!«

»Stimmt«, erwiderte Chee.

Ungläubig schaute sie hinab.

»Da hätten wir doch seinem Lauf folgen können, statt durch die Wüste zu reiten. Das hätte uns viel Unangenehmes erspart.«

»Leider nicht. Er macht einen weiten Bogen nach Westen; das wäre für uns ein Umweg von mehreren Tagen gewesen.«

»Du weißt doch wirklich alles!« Sie trieb ihr Pferd an. »Aber ich wette, ich bin vor dir dort!«, rief sie über die Schulter.

Da drückte er Kiuw die Knie in die Flanken. Dumpf hämmerten die Hufe, als sie im Galopp den Hang hinabstoben.

Später gingen sie, die Pferde am Zaum führend, am Fluss entlang weiter. Sie durchquerten ein Birkengehölz, das sich bis ans Ufer hinzog. Die Sonne stand bereits tief im Westen.

»Beinahe wie in Georgia ist es hier!«, rief Ann. Entzückt blickte sie umher. »Wie schön, einmal wieder Bäume mit richtigen grünen Blättern zu sehen!«

Die Sonnenstrahlen fielen schräg durch die Kronen der Bäume und malten goldene Flecken in das helle Grün des Laubes. Tausende von Mücken tanzten. Ab und zu blitzte der Fluss zwischen den schlanken Stämmen auf.

»In diesem Land regnet es nicht oft«, erklärte Chee. »Darum ist es eine Wohltat, wenn gegen Ende des Sommers die Regenperiode kommt. Der Fluss tritt dann über die Ufer und später, wenn das Wasser fällt, bleibt ein Schlamm zurück, der die Feuchtigkeit hält und nur sehr langsam austrocknet. In dieser Jahreszeit findet man deshalb hier reichlich irisches Grün.«

Nach und nach wurde der Baumbestand lichter, die Dornbüsche und Riesenkakteen nahmen überhand.

Es dämmerte.

Plötzlich streckte Chee den Arm aus: »Schau mal da hinüber!«

Deutlich war im Osten ein Reitertrupp zu erkennen; er galoppierte gerade einen Hang hinab.

»Sie kommen hier vorbei; sie wollen zum Fluss«, meinte Chee halb laut und zog Ann und die Pferde hinter ein dichtes Gebüsch.

»Hoffentlich spielt uns Schawnee nicht wieder einen Streich!«, sagte Ann leise.

Chee kniff die Augen zusammen und versuchte, im letzten Schein der sinkenden Sonne festzustellen, was für Leute da herankamen. Ihr Hufschlag war schon deutlich zu hören.

»Ich glaube fast, das sind Indianer«, sagte Chee auf einmal. »Dann müssen wir uns aber sehen lassen. Wenn sie uns im Versteck überraschen, könnten sie uns als Feinde behandeln. Aber warten wir noch einen Moment!«

Sie ließen die Reiter näher herankommen; wie Chee vermutet hatte, hielten sie auf den Fluss zu.

»Hab ich mir's doch gedacht: Es sind Chiricahuas«, sagte Chee, als sie noch etwa hundert Meter entfernt waren. »Komm, wir müssen ins Freie!«

Er fasste Kiuws Zaum und trat hinter dem Gebüsch hervor. Ann folgte ihm mit Schawnee, wenn auch nur ungern.

Als die Apachen sie bemerkten, ritten sie langsamer. Schweigend kamen sie heran.

Vor den beiden hielten sie an. Einer ritt noch ein Stück näher, sprang vom Pferd und ging ein paar Schritte auf Chee zu. Dieser rührte sich nicht. Der Indianer musterte ihn eine Weile sehr eingehend, dann haftete sein Blick kurze Zeit auf Ann. Seine Brauen zogen sich zusammen. Langsam hob er die rechte Hand, dabei wandte er Chee die offene Handfläche zu. Chee antwortete mit der gleichen Gebärde.

Plötzlich begann der Indianer, mit rauer Stimme auf Chee einzureden. Währenddessen betrachtete Ann ihn neugierig über Chees Schulter hinweg: Er war lang und hager, sein Gesicht, scharf und markant geschnitten, war umrahmt von dunklem, schon etwas grau meliertem Haar, seine Haltung drückte Verschlossenheit und Misstrauen aus. Nicht ohne Unruhe sah Ann hinter ihm die finsteren, unbewegten Gesichter seiner Krieger. Einige hatten Rehe und anderes Wild vor sich auf dem Rücken ihres Pferdes liegen. Offenbar kehrten sie von einem Jagdzug zurück.

Der hochgewachsene Indianer hatte einen Augenblick innegehalten, nun streckte er jäh die Hand gegen das Mädchen aus. Zorn verzerrte seine Züge, als er in seiner abgehackten Sprechweise von Neuem begann, jedes Wort stark betonend. Er trat dabei an Chee heran, als wollte er ihn schlagen, bezwang sich aber und schüttelte nur die Fäuste, ohne jedoch den Schwall seiner zischenden Worte zu unterbrechen. Chee zuckte mit keiner Wimper; Ann klopfte das Herz zum Zerspringen.

Endlich schwieg er. Und nun sprach Chee, langsam, eindringlich, aber bestimmt. Bisweilen deutete er mit einer Handbewegung auf Ann. Als er geendet hatte, wandte sich der Indianer schroff seinen Leuten zu und rief einen kurzen Befehl. Die Indianer trabten an Ann vorbei zum Fluss hinab. Dann saß auch der lange Indianer auf und ritt hinterher.

Chee lächelte ein bisschen, als er Anns ängstliches Gesicht sah.

»Du brauchst dich nicht zu fürchten«, sagte er, »es ist alles in Ordnung.«

»War das … Cochise?«, fragte Ann.

Chee schüttelte den Kopf.

»Nein, nein, das war nur sein Unterhäuptling Skynea; er führt den Stamm, solange Cochise abwesend ist. Wir werden einen Teil der Nacht mit ihm reiten. Er hat Eile, wieder zum Stamm zu kommen, denn seine Männer sind die einzigen Krieger, die Cochise zum Schutz der Ansiedlung zurückgelassen hat.«

Ann atmete auf: »Aber … er sah doch so böse aus, dieser … dieser Mensch!«

Chee lachte leise.

»Und er *war* auch böse! Fuchsteufelswild war er, weil ich dich mitgebracht habe. Ich dachte, gleich springt er mir an die Kehle – aber die Apachen wissen, sich zu beherrschen. Dann habe ich ihm mein

Wort gegeben, dass du ungefährlich bist. Da war er zufrieden.«

Chee wandte sich nach dem Fluss um und blickte zu den Indianern hinüber; sie waren noch mit dem Tränken beschäftigt. Da legte er dem Mädchen die Hand auf die Schulter.

»Nun hör gut zu, was ich dir sage. Wir werden also heute Nacht mit ihnen reiten – übrigens, du bist doch nicht zu müde dazu?«

Ann schüttelte den Kopf.

»Schön. Sprich unterwegs nicht zu viel, das mögen die Chiricahuas nicht. Vor allem keine Fragen! Und noch eins: Anscheinend ist einer von Cochises Söhnen bei dem Trupp; du kannst sicher sein, dass er dich die ganze Zeit beobachtet.«

»... und sofort seinem Vater von mir berichtet, falls der zurückkehrt, bevor wir wieder fort sind.«

»Sehr richtig, genau das wird er tun.«

Er schaute zum Fluss. Die Indianer waren aufgesessen und kamen auf sie zu.

»Da sind sie schon. Nun stell dich gleichgültig und denk an das, was ich dir gesagt habe. Die Chiricahuas verstehen keinen Spaß!«

Die Indianer trabten vorüber. Ann hörte ihre Waffen klirren: Lanzen, Pfeil und Bogen, Beile und auch ein paar Gewehre. Ein Schauder überlief das Mädchen.

Als Skynea, der lange Indianer, an ihnen vorbeikam, gab er Chee einen Wink. Da trieb dieser sein Pferd vorwärts. Etwas verwirrt folgte Ann. Als sie rasch einmal hinter sich schaute, sah sie, dass sie in der Mitte des Zuges ritten. Sie tat so gleichgültig, wie sie konnte, und beobachtete ihre Umgebung nur aus den Augenwinkeln. Wer von ihnen mochte wohl Cochises Sohn sein?

Der Trupp ritt in ein schmales Felstal, das tief zwischen riesige dunkle Berge eingeschnitten war. Ganz hoch über sich entdeckte Ann einen helleren Streifen Himmel, an dem ein paar Sterne schimmerten. Es war unheimlich.

Dem Mädchen fielen allmählich die Augen zu; sie war müder, als sie sich eingestehen mochte. Als sie einmal aufblickte, merkte sie, dass jemand neben ihr ritt, der vorher nicht da gewesen war: ein junger Indianer, vielleicht fünfzehn Jahre alt. Sein Gesicht war schmal und ausdrucksvoll, die Augen schräg geschnitten. Auf den ersten Blick hätte man ihn für ein Mädchen halten können und das lange Haar mit dem grellfarbigen Band darin verstärkte diesen Eindruck noch. Aber das Kinn war zu energisch, der Mund zu breit. Ann fand ihn gleich sympathisch.

Der Knabe blickte sie prüfend an und sagte in zögerndem, schleppendem Englisch: »Fürchtet sich das weiße Mädchen nicht vor Cochise?«

Sie lächelte ihm freundlich zu.

»Warum sollte ich mich vor Cochise fürchten?«

»Cochise ist ein großer Häuptling!«, sagte der Knabe.

Ann schüttelte den Kopf: »Nein, ich fürchte mich nicht vor ihm. Ich habe nichts Böses im Sinn; mein Gewissen ist rein.«

Mit gefurchter Stirn bemühte sich der Knabe, ihre Worte aufzufassen.

»Das weiße Mädchen spricht zu schnell; Tahzay kann es nicht verstehen«, sagte er.

»Der Ruhm Cochises ist weit über die Berge hinaus verbreitet. Cochise ist ein großer Häuptling«, wiederholte Ann mit Nachdruck.

Da strahlte Tahzays Gesicht in zufriedenem Lächeln; Ann schämte sich ein wenig, weil sie in ihrer Verlegenheit zu einer Lüge Zuflucht genommen hatte. Denn wer hätte ihr in Phoenix etwas über Cochise sagen können! Vielleicht die Hühner in Tante Adeles Garten?

»Ich freue mich sehr, dass ich den Stamm der Chiri… Chiricahuas besuchen darf«, setzte sie hinzu.

»Das Mädchen mit den hellen Haaren ist keine Feindin der Chiricahuas?«

»Ich schätze die Chiricahuas sehr und auch die White Mountains und auch die … die …« – sie suchte nach Namen anderer Stämme, aber ihr fielen keine ein – »kurz, ich schätze alle guten Indianer, so wie ich auch alle guten Männer meines Landes schätze. Ich mache keinen Unterschied, überhaupt keinen!«

Der Knabe blickte sie ernsthaft an.

»Das weiße Mädchen ist den Chiricahuas willkommen. Wenn Cochise vom Land jenseits des Flusses zurückkehrt, wird er sich freuen, sie zu sehen. – Cochise ist mein Vater«, setzte er hinzu.

Der weitere Ritt blieb Ann nur wie ein Traum ohne Zusammenhang im Gedächtnis haften, ein düsterer

Geistertanz zum eintönigen Trommeln der Hufe, unterbrochen von jähen Rufen, und schattenhafte Reiter zwischen schroffen Felszacken. Zeitweise versank Ann in eine Art Dämmerschlaf. Einmal legte ihr jemand eine Jacke um die Schultern; sie murmelte etwas wie »Danke!« und versank wieder ins Nichts.

Plötzlich belebte sich ihr gespenstischer Traum: Rufe schallten, Gelächter, Wiehern. Rot-gelbe Flammen züngelten prasselnd auf, dunkle Gestalten sprangen davor umher.

Ann hob die schlafschweren Lider und ihr Blick tauchte in ein Durcheinander von Farben, Gesichtern, bunten Kleidern; es wirbelte, jubelte, lachte um sie herum und die Flammen warfen tanzende Irrlichter über bronzene Gestalten.

Dann tippte ihr jemand auf die Schulter und eine Stimme sagte dicht an ihrem Ohr: »Schläfst du noch? Wir sind da.«

Ann atmete tief und klammerte sich an Chees Arm.

»Was wollen die alle? Warum schreien sie so?«

»Sie freuen sich, dass die Krieger zurück sind und reiche Jagdbeute mitbringen. – Aber du bist ja todmüde, kleines Mädchen! Meine Mutter wird sich deiner annehmen.«

Willenlos hing Ann im Sattel. Sie konnte nicht mehr. Chee legte den Arm um sie und stützte sie. Er spähte nach allen Seiten; irgendwo unter all den Gesichtern musste doch das seiner Mutter zu finden sein.

Da sah er sie plötzlich in der Menge! Er sprang vom

Pferd, drängte sich zwischen den Indianern hindurch und fasste seine Mutter am Arm.

»Nona!«

Sie fuhr überrascht herum – dann wurden ihre Augen weit; mit einem Freudenschrei schloss sie den Sohn in die Arme und drückte ihn an sich.

»Chee!«, stammelte sie. »Ich wusste doch, du würdest wiederkommen!«

Er machte sich los, trat einen Schritt zurück und legte ihr beide Hände auf die Schultern.

»Und du bist wunderschön wie immer!«

Nona zwickte ihn zärtlich in den Arm.

»Fast zwei Jahre habe ich dich nicht gesehen. Ach, ich bin ja so glücklich!«

Chee nahm die Hand seiner Mutter und blickte sich um.

»Mutter, ich bin nicht allein gekommen ... Ich habe ein weißes Mädchen mitgebracht; sie wird ein paar Tage bei uns bleiben.«

Nona zog die Brauen hoch: »Ein weißes Mädchen?«

»Ja, komm, schau sie dir an!«

Rasch zog er seine Mutter zu Ann, die noch immer im Sattel saß und mit müden, wirren Blicken um sich schaute.

»Sie ist hübsch!«, sagte Nona.

Chee ließ ihre Hand los, lief zu Ann und streckte ihr die Arme entgegen. Mühsam ließ sich das Mädchen aus dem Sattel gleiten. Nona stand reglos ein paar Schritte entfernt und ein nachdenklicher Schimmer lag in ihren großen schwarzen Augen. Dann begegnete sie plötzlich Anns Blick und ein Lächeln erhellte ihr braunes Gesicht. Sie trat heran und legte ihr die Hand auf die Schulter.

»Ei! Kleines Mädchen«, sagte sie leise.

Ann erwiderte ihr Lächeln.

»Sie also sind Nona?«

»Kleines Mädchen!«, wiederholte Nona zärtlich.

Sie sprach ein sehr reines Englisch, nur dehnte sie die einzelnen Silben ein wenig.

Von Neuem fielen Ann die Augen zu. Da legte Nona den Arm um sie.

»Komm schlafen, kleines Mädchen, du fällst ja um vor Erschöpfung! Da drüben ist meine Hütte ... Chee, bring du die Pferde in den Korral und dann kommst du zu mir!«

Chee ging. Widerstandslos ließ Ann sich von der Indianerfrau durch die Menge geleiten.

Vor einer kegelförmigen Hütte blieb Nona stehen und schlug die Decke zurück, die vor dem Eingang hing. Behutsam führte sie Ann hinein.

»Dort kannst du dich hinlegen und schlafen«, flüsterte sie.

Folgsam ließ Ann sich auf ein weiches, behagliches Lager sinken und kuschelte sich in die Decken.

2 *Das Dorf in den Drachenbergen*

DAS MÄDCHEN MIT DEN FEUERAUGEN

Die Indianer feierten ein Freudenfest. Die Luft war gesättigt vom Bratenduft und dem Rauch der Holzfeuer; das ganze Dorf war um große Gluthaufen versammelt.

Chee atmete tief und schaute umher. Wie froh war er, einmal wieder die heimische Umgebung der Indianersiedlung zu spüren, nachdem er so manchen Tag in den schmutzigen Straßen der Pionierstädte verbracht hatte, wo die Leute nichts Besseres zu tun wussten, als in endlosem Geschwätz beisammenzustehen, immer bereit, einem jungen Mann mit schwarzem Haar und brauner Haut gehässige Bemerkungen nachzurufen!

Langsam schritten Nona und Chee durch das Dorf, bis sie an den Waldrand kamen; Lachen und Singen waren hier nur schwach zu hören. Der Schein der großen Feuer ließ flinke Schatten zwischen den Bäumen tanzen; das hohe Gras war feucht vom Tau. Nona setzte sich auf einen umgestürzten Baum, Chee lehnte sich an eine Pappel und schob die Hände in die Taschen.

Dann erhob Nona ihre Stimme: »Deine Rede ist ernst, deine Gebärden sind bedächtig geworden; du hast dich verändert, Chee.«

Chee schlug die Augen nieder.

»Ich habe manche Erfahrungen gemacht.«

»Sag Chee, wo hast du eigentlich dieses Mädchen kennengelernt?«

»Das ist eine lange Geschichte… Ann ist mir buchstäblich in die Hände gefallen.«

Er lachte leise, dann erzählte er Nona, wie alles gekommen war.

»Und wie stehst du nun zu ihr? Ich meine… liebst du sie?«

Auf eine so unmittelbare Frage wusste er zunächst nichts zu antworten. Schließlich holte er tief Atem.

»Hm… ja, gut, ich hab sie gern!«, gab er freimütig zu.

Der Schein eines Lächelns irrte um Nonas Lippen.

»Sieh da! Hab ich's doch geahnt! Und sie – was sagt sie dazu?«

Chee fühlte sich peinlich verlegen. Er presste die Lippen aufeinander. Nach einer Weile sagte er: »Ich glaube, sie… sie hat mich auch gern.«

»Und… was soll daraus werden?«, forschte Nona.

Chee gab sich einen Ruck.

»Ich meine«, fragte Nona weiter, »denkst du daran, sie zur Frau zu nehmen?«

Eine ungestüme Bewegung: »Sie zur Frau nehmen? Wie stellst du dir das vor, Mutter? Ich, der… der Mischling? Nein«, stieß er heftig hervor. »Nein! Das ist unmöglich. Sie darf nicht unglücklich werden…

wie du! Außerdem ist sie ja noch ein richtiges Kind … Manchmal …« Er hob die Hand und verstummte.

»Aber du hast sie doch lieb«, sagte Nona.

»Ja. Ich habe sie lieb. Und ich werde sie immer lieb behalten. Wenn sie wieder fort ist, werde ich an sie denken, wie an einen Traum … einen Traum, der nie in Erfüllung gehen kann.«

Nona wusste, woran ihr Sohn dachte: an die Verachtung der Leute in Santa Fé, damals, wenn sie, Nona, die rote Gattin eines Weißen, durch die Straßen ging – an all die Witzeleien, all den Spott. Chee würde nie Farmer oder Viehzüchter im Land der Weißen werden, Ann wiederum nie ihr ganzes Leben bei einem Indianerstamm verbringen können. Das stand unabänderlich fest …

Langsam schlug sie die Augen zu ihrem Sohn auf.

»Hast du auch manchmal an Nah-lin gedacht?«, fragte sie.

Chee blickte sie an.

»Natürlich! Ich nehme an, sie ist verheiratet, oder?«

Nona schüttelte den Kopf.

»Sie hat viel an dich gedacht«, sagte sie nach einer Weile.

Chee begann zu verstehen.

»Wir plaudern oft miteinander«, sprach Nona weiter. »Und fast immer spricht sie von dir. Ich glaube, sie … ich glaube, sie wartet auf dich, Chee!«

Er fuhr auf und zerknickte wütend den Zweig, den er in der Hand hielt.

Nachdenklich wiegte Nona den Kopf hin und her.

»Chee«, sagte sie behutsam, »das weiße Mädchen hat jetzt deine Gedanken völlig in den Bann geschlagen. Aber wenn sie wieder fort ist, weit fort von dir… vielleicht erst nach langer Zeit… dann wird in deinem Herzen wieder Platz sein für Nah-lin… und sie wird auf dich warten.«

»Niemals!«, grollte Chee.

Mit einem Ruck erhob sich Nona.

»Dann nimm dich in Acht«, sagte sie. »Sie wird verletzt sein – du kennst sie ja.«

Erschrocken fasste Chee seine Mutter bei den Schultern.

»Mutter, glaubst du etwa… sie könnte Ann etwas tun?«

»Nein – nicht, wenn du auf der Hut bist. Aber Nah-lin ist stolz. Und es kann für sie nichts Schlimmeres geben, als in ihrem Stolz verletzt zu werden… oder in ihrer Liebe.«

Die Indianerin spürte, dass in ihr unwillkürlich Zorn gegen die Fremde aufwallte, die sich ins Herz ihres Sohnes eingeschlichen hatte. Und doch wusste sie, sie würde deswegen keinen Groll gegen Ann hegen können.

Sie legte Chee die Hand auf den Ann.

»Am besten gehst du jetzt zu Nah-lin und begrüßt sie. Sie wird sich sehr freuen. Siehst du die Hütte dort? Da wohnt sie. Geh nur gleich hin!«

Chee ging langsam durchs Dorf. Der allgemeine Jubel war verklungen, die Feuer begannen zu verglimmen.

Einige Indianerfrauen hatten schon mit ihren Morgenarbeiten begonnen.

Um die Kronen der Bäume und die obersten Zacken der Felsen schwebte leichter Nebel. Im Osten stieg der Morgen herauf.

Vor der Hütte zögerte Chee einen Augenblick, dann schob er achselzuckend den Vorhang beiseite. Das helle Klirren einer Girlande aus silbernen Schellen ertönte.

Chee beugte sich vor. »Nah-lin?«, rief er ins Dunkel.

Im Innern regte sich jemand und eine Stimme fragte leise: »Wer ist da?«

»Ich«, sagte Chee nur.

Ein Freudenruf. Ein Rascheln von Kleidern und wieder leises Schellenklirren. Dann stand das Mädchen vor ihm, so dicht, dass ihr Kleid ihn streifte.

»Chee!«, sagte sie. »Ich glaubte schon, du kämest nie wieder!«

Chee streckte die Hand aus und berührte Nah-lin an der Schulter.

»Komm, gehen wir hinaus!«

Er ergriff ihren Arm und zog sie ins Freie. Sie lachte leise, als sie ihm folgte.

Wie schön sie war: pechschwarzes Haar, glühende Augen, ein Gesicht wie aus heller Bronze, die Wangen rosig überhaucht – und biegsam wie Schilfrohr ihre Gestalt. Das Oberteil, das sie trug, war rund ausgeschnitten, bunt bestickt und mit Fransen besetzt; an ihrem weiten blauen Rock klirrten silberne Münzen. Ihr langes Haar fiel bis zu den Hüften nieder; ein schmales Band hielt es zusammen.

Sie betrachtete Chee genau und ihre Augen leuchteten vor Freude.

»Fast zwei Jahre lang warst du fort«, sagte sie schließlich. »Doch du hast dich nicht verändert.«

»Aber du«, antwortete Chee. »Du bist noch schöner geworden.«

Sie lächelte strahlend: »Ich freue mich, wenn ich dir gefalle.«

»Blume der Wälder!«, rief plötzlich eine heisere Stimme aus dem Innern der Hütte. Nah-lin zuckte zusammen.

»Die Großmutter!«, flüsterte sie.

»Blume der Wälder, wo bist du?«, rief die Stimme wieder.

Nah-lin blickte sich um, dann fasste sie Chees Arm. »Rasch, fort von hier! Sonst muss ich hinein!«, flüsterte sie.

Chee ließ sich mitziehen. Als sie sich ein Stück von der Hütte entfernt hatten, ließ sie seine Hand los und ging, leicht vorgebeugt, mit dem schwebenden Gang der Apachenfrauen, neben ihm her. Ein verlegenes Schweigen entstand zwischen ihnen. Zwei Jahre hatten sie einander nicht gesehen und nun merkten sie, dass sie sich trotzdem nicht viel zu sagen hatten.

Schließlich wagte Chee den Sprung ins kalte Wasser, obwohl er wusste, dass der Zeitpunkt dafür schlecht gewählt war.

»Stell dir vor, Nah-lin, was ich in Mesilla erlebt habe: Ich habe da ein Mädchen getroffen, das hatte seinen Zug verpasst …«

»Was ist das: ein Zug?«, fragte Nah-lin.

Während er ihr klarzumachen suchte, was ein Zug ist, lehnte Nah-lin an einem Baum und sah ihn aufmerksam an. Als er ihr die Eisenbahn beschrieben hatte, knüpfte er geschickt die Geschichte von Anns Erlebnissen daran. Beim Erzählen beobachtete er, was sich auf dem ausdrucksvollen Gesicht seiner Begleiterin abspielte. Er bemerkte, wie ihre Lider erregt auf und ab gingen, wie ihre Hände sich zusammenkrampften. Als er ihr schließlich gestand, dass er die Fremde mitgebracht hatte, sah er die Lippen des Mädchens beben.

»Du wirst sehen«, sagte er, »ihr versteht einander glänzend; ganz sicher werdet ihr Freundinnen.«

»Nein ... das glaube ich nicht«, sagte sie so leise, dass er den Kopf vorbeugen musste, um sie zu verstehen. »Wie sieht sie denn aus?«

»Nun, sie ist hübsch ... sie hat Haar von ganz heller Farbe, fast weiß ...«

»Aber dann ist sie doch eine ganz alte Frau!«, fiel ihm Nah-lin ins Wort und ihr Gesicht hellte sich auf.

Chee musste lächeln.

»Nein, Nah-lin. Das Mädchen ist ebenso jung wie du. Ich habe mich schlecht ausgedrückt: Ihr Haar hat die Farbe der Morgensonne und ihre Augen sind wie der Nebel in den Bergen ...«

Nah-lin sank in sich zusammen und schien völlig vernichtet. Einen Augenblick lang herrschte ein beklemmendes Schweigen. Dann zerriss mit einem Mal ein wilder Aufschrei die Stille: »Nein, niemals!«

Nah-lins Augen sprühten Funken. Sie wandte sich ab. Leise klirrte ihr Münzen-Schmuck.

»Mich anfreunden mit diesem Mädchen! Niemals! – Eine Diebin ist sie!«, setzte sie weinend hinzu.

»Was?«, brauste Chee auf, fuhr herum und packte Nah-lin bei den Schultern. »Was hast du gesagt? Sag das noch einmal!«

Nah-lins bronzebraunes Gesicht war blass geworden.

»Ja«, sagte sie. »Eine Diebin! Sie hat mir dein Herz gestohlen!«

Langsam ließ Chee sie los und atmete tief. Nah-lin lehnte sich an einen Baum, das Gesicht halb von tiefschwarzen Haarsträhnen verdeckt, und starrte ins Leere.

Allmählich wurde es hell. Zwischen den Pappeln schwammen Nebelfetzen.

MOUNA STIFTET UNHEIL

Ann gähnte und schlug die Augen auf. Sie lag auf dem Rücken; über ihrem Kopf bemerkte sie ein großes, rundes Loch, durch das ein Stück Himmel zu sehen war.

Sie reckte sich, dann stützte sie sich auf dem Ellbogen hoch. Im Halbdunkel der Hütte sah sie Nona hocken und Mais mahlen.

»Hast du gut geschlafen, kleine Blume?«

Die Indianerfrau erhob sich lautlos, holte aus einer Ecke der Hütte eine große Schüssel und stellte sie vor Ann hin.

»Nun iss, du wirst gewiss hungrig sein!«

»Oh ja, danke! Das wird mir guttun! Was ist denn das?«

»Meskalkuchen mit Feigen«, erklärte Nona belustigt.

Ann nahm die Schüssel und setzte sich mit gekreuzten Beinen aufrecht hin.

»Mmm! Endlich mal was anderes als der ewige Pemmikan!«

Lächelnd ging Nona wieder an ihre Arbeit.

Ann biss in eine saftige Feige und sah sich um. Die Hütte bestand aus Weidengeflecht und getrocknetem Lehm und war recht geräumig. Ein großes Loch im Dach diente im Winter, wenn in der Hütte ein Feuer brannte, als Rauchabzug. An den Wänden hingen Decken mit bunter, seltsam verschlungener Ornamentenstickerei. Der Boden war fast ganz mit Fellen ausgelegt. Alles war peinlich sauber.

»Hübsch haben Sie es hier«, sagte Ann, während sie sich die Finger ableckte und sie dann an der Hose abwischte. »Vielen Dank für das Frühstück; es hat herrlich geschmeckt.«

»Wenn du magst, kannst du einen Gang durchs Dorf machen.« Nona wies auf die Tür. »Sicher triffst du Chee irgendwo.«

Ann hob den Vorhang und musste die Augen schließen, so blendete sie die Morgensonne. Aber rasch gewöhnten sich ihre Augen an das Licht. Sie sah sich neugierig um. Die Ansiedlung bestand aus einer Menge Hütten verschiedener Größe. Sie zog sich an einem Berghang entlang bis zu einem Pappelwäldchen; dort lag auch das große Gehege, in dem kleine, scheckige Pferde grasten. Im Westen, noch ganz im Dämmerlicht, stieg eine Felswand steil auf, als wollte sie die Ansiedlung gegen die Außenwelt schützen.

Vor allen Hütten brannten größere oder kleinere Feuer, in deren Nähe Indianerinnen in weiten bunten Röcken emsig hantierten.

Die Hände in den Taschen, schlenderte Ann durch das Dorf. Sie sah nur wenige Männer; die meisten Krieger waren mit Cochise gezogen. Ein paar Greise mit weißem Haar und einer Haut wie Pergament saßen vor ihren Hütten und schauten Ann gleichgültig nach. Die Frauen blickten nur kurz von ihrer Arbeit auf. Allein die Kinder zeigten ihre Neugier. Ann lächelte und winkte ihnen zu. Das machte die braunen, lebhaften Indianerkinder zutraulich; sie kamen näher und liefen ihr in geringem Abstand nach.

Ein großer Hund trottete herbei und beschnupperte Ann würdevoll. Sie blieb stehen und ließ ihn gewähren. Gleichgültig lief das Tier wieder davon. Ann lachte und setzte ihren Spaziergang fort.

Dann kam ein kleines Mädchen gelaufen; es hatte lange Zöpfe und trug ein rotes Kleidchen. Ann beugte sich zu ihm herab und zwickte es zärtlich in die Wange. Das Kind fuhr ängstlich zurück, dann huschte ein zaghaftes Lächeln über sein Gesichtchen und dann, erschrocken über seine eigene Kühnheit, wandte es sich plötzlich ab, rannte fort und versteckte sich in einer der Hütten. Ann lachte hell auf.

Entzückt spazierte sie durch die ganze Ansiedlung und gelangte schließlich zu einem engen Hohlweg, der durch die Felsen führte. Hier traf sie plötzlich ein scharfer Luftzug: Sie näherte sich dem Fluss.

An dieser Stelle verbreiterte sich das Flussbett und bildete eine natürliche Bucht, in der das Wasser scheinbar ruhig und durchsichtig dahinfloss. Dennoch ließ sich eine heftige Strömung wahrnehmen.

Hier stand Ann eine Weile in bewunderndem Schweigen – aber plötzlich erstarrte sie: Ein Schatten war am anderen Ende des Weges aufgetaucht. Sie blickte auf und sah ein Indianermädchen mit langem, aufgelöstem Haar; es war so schön, dass es Ann die Sprache verschlug. Aber dieses schöne Gesicht war starr wie ein Stein.

»He!«, rief Ann nach langem Schweigen. »Haben Sie mich aber erschreckt!«

»Ich Nah-lin«, sagte endlich das Indianermädchen und riss plötzlich ein Messer aus dem Gürtel. Die Klinge blitzte; unwillkürlich trat Ann einen Schritt zurück.

Das Messer schwirrte durch die Luft und bohrte sich drei Zentimeter vor ihrer Fußspitze in den Boden. Dann hob die Indianerin die Hand und versuchte, sich in ihrem mangelhaften Englisch verständlich zu machen: »Nah-lin totmachen dich, wenn kann – du totmachen Nah-lin, wenn kann!«

Jäh warf sie den Kopf zurück, wandte sich um und war hinter den Felsen verschwunden.

Ann stand wie versteinert. Sie starrte auf das Messer. Schließlich hob sie es auf und fuhr nachdenklich mit der Fingerspitze über den scharfen Stahl.

»Warum will sie denn, dass ich sie umbringe? Das muss ich unbedingt Chee erzählen. Wie hieß sie doch gleich?«

Und plötzlich begriff sie: Nah-lin! Chees Jugendfreundin! Ja, unbedingt musste sie sofort mit Chee sprechen! Sie lief zum Dorf zurück.

Chee sah sie zuerst. Er ließ die Leute, mit denen er gerade sprach, stehen und kam zu ihr gelaufen.

»Ann! Seit einer Stunde such ich dich!«

Er nahm sie bei der Hand und zog sie mit sich fort, auf die Felsen zu.

»Komm, ich muss mit dir reden!«

»Ich auch mit dir!«, erwiderte sie, während sie durch den Hohlweg bis an den Fluss hinabliefen. An einer Bucht, wo das Wasser über den Kieseln in kleinen Wellen verrann, blieben sie stehen. Am Ufer wuchs hohes, dichtes Gras mit blühenden Blumen dazwischen.

Atemlos warfen sie sich zu Boden. Chee schwieg.

»Da du nichts sagst, will ich dir erzählen, was ich eben Seltsames erlebt habe«, ergriff Ann das Wort. »Kennst du das hier?« Damit zog sie das Messer aus dem Gürtel.

Chee betrachtete es verblüfft.

»Das ist ja ein Apachenmesser! Wo hast du es gefunden?«

»Ich habe es gar nicht gefunden; es wurde mir vor die Füße geworfen – von jemandem, den du bestimmt kennst: von einem wunderschönen Indianermädchen namens Nah-lin!«

Chee fuhr auf. Er ballte die Fäuste.

»Gerade über sie wollte ich mit dir sprechen, Ann«, sagte er und seine Stimme bebte vor Zorn.

Zur gleichen Zeit hatte Nah-lin das Dorf erreicht und trat in ihre Hütte.

Im Halbdunkel regte sich etwas und eine Stimme fragte: »Nun, Blume der Wälder?«

Nah-lin schüttelte mutlos den Kopf.

»Ich habe es nicht tun können«, sagte sie.

Höhnisches Lachen klang auf.

»Du hast es nicht tun können? Seit wann hat Blume der Wälder Furcht? Seit wann zögert ein Apachenmädchen, seine Feindin zu töten?«

Ärgerlich stampfte Nah-lin mit dem Fuß auf.

»Ich konnte sie nicht einfach so töten. Ich bin keine heimtückische Schlange! Ich habe sie gewarnt. – Deine Ratschläge sind nicht mehr so gut wie früher, Großmutter!«

Inzwischen hatten sich die Augen des Mädchens an das Halbdunkel gewöhnt. Jetzt richteten sie sich voller Abneigung auf die alte Frau, die dort am Boden lag, in bunte Decken eingehüllt.

»Ist dein Arm kraftlos, Blume der Wälder? Und ist dein Herz das eines Kindes, das nicht weiß, was es tut? Die Weiße lebt noch? Und gewarnt hast du sie?

Oh, das war falsch, ein großer Fehler war das, Blume der Wälder! Und was hast du nun im Sinn?«

Nah-lin senkte den Kopf.

»Ich … ich … ich weiß es nicht … ich fühle mich so schwach. Du hast recht … hilf mir doch, Großmutter!«

»Siehst du wohl! So ganz schlecht sind die Ratschläge der alten Mouna doch nicht, wie?«

Nah-lin schwieg.

»Ich habe dir gesagt, was du tun sollst, aber du hast nicht darauf gehört. Schlagen will ich dich deshalb nicht … du bist genug bestraft … denn nun hast du deinen Chee verloren; *heute* hättest du handeln müssen!«

Nah-lin schrie auf und hielt sich die Ohren zu.

»Ach, schweig doch still, Großmutter, schweig doch still! Ich kann es nicht … ich … ach, Großmutter, das weiße Mädchen ist gut und … ich kann es nicht!«

»Wenn das so ist« – die alte Frau bekam einen Hustenanfall und musste einen Augenblick innehalten – »wenn das so ist – dann musst du eben auf den Jungen mit den goldenen Augen verzichten!«

»Großmutter!«

Nah-lin verlor die Beherrschung; weinend warf sie sich auf den Boden. Die alte Frau hörte sie schluchzen; ein unheilvolles Feuer glühte auf dem Grund ihrer glanzlosen Augen und um die Winkel ihres zahnlosen Mundes zuckte ein böses Lächeln. Sie wusste, sie hatte bereits gesiegt – aber es machte ihr Freude, wie die Katze mit der Maus mit dem Gewissen des

Mädchens ihr Spiel zu treiben, das da, vom Weinen geschüttelt, vor ihr am Boden lag.

»Breit ist der Fluss«, begann sie, »ruhig und sanft strömt er dahin – jenseits des Adlerfelsens aber schießt er davon, gleich einem Pferde in vollem Lauf. Die Felsen peitscht er mit seinem Schaum, hoch hinauf wirbeln die Wellen zwischen den Wänden, mit Donnergetöse ergießen sich die Wogen in den Grund des Cañons ... Schweigsam ist das Wasser ... niemals gab es ein Geheimnis preis ... Viele, viele unvorsichtige Chiricahuas hat es verschlungen ... Blume der Wälder! Hörst du mich? Rasch geschieht ein Unglück ... so rasch ... Hörst du meine Worte, Blume der Wälder?«

Langsam hob Nah-lin ihr verzerrtes Gesicht und blickte zu der schrecklichen, alten Frau auf.

»Glaubst du, *er* wird sie vergessen?«

»Vor dem nächsten Frühling noch wirst du seine Squaw sein! Schön bist du, sehr schön, Blume der Wälder! Keine unter den Töchtern der Apachen kann sich mit dir vergleichen!«

Mit hämischem Lächeln beobachtete die alte Frau Nah-lins Gesicht und sah, wie das Gift ihrer Worte langsam in das Mädchen eindrang ...

EIN GEWITTER

Für Ann flogen die Tage schnell dahin. Was gab es nicht alles zu sehen! Chee zeigte ihr die Höhlen, in denen die Indianer ihre Wintervorräte lagerten, die Pferdekoppeln, die große Beratungshütte der Häuptlinge. Sie unternahmen zusammen weite Wanderungen durch das Land und abends erzählte ihnen Nona alte Legenden der Apachen.

In der dritten Nacht, die sie bei den Indianern verbrachte, riss sie ein fürchterliches Krachen aus dem Schlaf.

Erschrocken fuhr sie hoch und blickte um sich. Donner rollten zwischen den Felswänden und hallten im Tal wider.

Aus der Finsternis klang Nonas ruhige Stimme an ihr Ohr: »Ein Gewitter! Nun gibt es endlich Regen!«

Ann atmete auf und ließ sich auf ihre Felldecke zurücksinken.

Nona stand auf, schob den Vorhang beiseite und spähte hinaus. Ein Windstoß fuhr herein. Finstere, regenschwere Wolken gaben für Augenblicke einen bleichen Mond frei. Der Wind wirbelte Sand auf, er heulte durch den Wald und beugte Kiefern und Birken.

Blau zuckte ein Blitz über den Himmel, sekundenlang leuchteten die Spitzen der Felsklippe auf. Nun dröhnte der Donner, zuerst dumpf, dann mit gewaltigem Krachen, und verlor sich schließlich mit drohendem Rollen ins Unendliche.

Ann schauderte zusammen; sie sprang auf und trat zu Nona. Es war, als wollte der Sturm die zerbrechlichen Weidenhütten den Hang hinabfegen.

»Endlich Regen«, sagte Nona noch einmal.

Ann verschränkte die Arme über dem dünnen

Hemd; ihre Zähne schlugen gegeneinander. Es war merklich kühler geworden. Chee trat in die Hütte und legte ihr eine Jacke um die Schultern.

Wieder zerriss ein Blitz die dicken Wolkenballen, gleich darauf krachte ein fürchterlicher Donner.

Alle Indianer waren vor ihre Hütten getreten. Irgendwo heulte ein Hund und vom Korral drang das ängstliche Wiehern der Pferde herüber. Ein Krachen – erschrockene Aufschreie –, zugleich ergoss sich rötliches Leuchten über das Dorf. Wie das Trommeln eines Irrsinnigen dröhnte das Rollen des Donners.

Der Blitz war in einen Baum gefahren, der nun wie eine Riesenfackel tanzende Flammen gegen den Himmel spie; starker Brandgeruch breitete sich aus. Die Indianer liefen auf dem offenen Platz in der Dorfmitte zusammen. Jemand schrie, dann brüllte eine Männerstimme irgendetwas durch den Tumult. Chee wandte sich Ann zu.

»Der Korral brennt! Die Pferde gehen durch!«, keuchte er. »Ich muss Kiuw herausholen!«

Und bevor Ann etwas antworten konnte, war er in der Menge verschwunden.

»Sei vorsichtig!«, rief Nona ihm nach.

Sie fasste Anns Arm. In diesem Augenblick wirbelte rings um sie Sand in Wolken auf und drang den beiden in die Augen und Nase. Halb erstickt hustete Ann und spuckte und rieb sich die Augen. Durch die Sandwolken hindurch war nichts als ein roter Schein zu erkennen. Die Donnerschläge wollten ihr schier das Trommelfell zerreißen.

Im Korral war der Teufel los. Der brennende Baum war auf das hölzerne Gatter gestürzt und hatte es in Flammen gesetzt. In panischer Angst bäumten sich die Pferde, keilten aus und rannten im Kreis über den glühenden Boden.

Plötzlich brach ein Teil des Gatters mit lautem Krachen zusammen. Ein großer Schimmelhengst wieherte hell auf und setzte über die Flammen hinweg. Andere Pferde folgten ihm. Eines stolperte und stürzte ins Feuer, sprang aber, vor Schmerzen laut schreiend, wieder auf.

»Haltet die Pferde fest!«, brüllte jetzt Skynea, Cochises Stellvertreter.

Alle Männer rannten zu ihm hin. Sie schwangen brennende Äste, um die vor Angst halb wahnsinnigen Tiere damit zurückzutreiben. Der weiße Hengst bäumte sich hoch auf und stand einen Augenblick wie zögernd da. Seine Mähne flatterte im Wind. Dann warf er sich halb herum, schwenkte nach links und galoppierte auf die Hütten zu – die anderen Pferde hinterher. Wie ein Orkan brausten sie quer durchs Dorf, trampelten alles nieder, was ihnen im Weg stand, und versetzten Frauen und Kinder in Angst und Schrecken.

Nona bewahrte ihre Geistesgegenwart. Sie riss die schreckensstarre Ann zur Seite und drückte sich mit ihr eng an die Wand der Hütte. Mit einer Handbreit Abstand rasten die Pferde an ihnen vorbei.

Ein paar Tiere hatten die Männer noch im Korral halten können. Auf ihnen jagten sie den Ausreißern nach, während die Frauen mit abgerissenen Zweigen und Wassergüssen den Brand zu löschen versuchten.

Chee stand in dem allgemeinen Durcheinander und spähte nach Kiuw aus, konnte ihn aber nicht entdecken. Da bekam er plötzlich einen kräftigen Stoß in den Rücken, stürzte vornüber und riss denjenigen, der ihn gestoßen hatte, mit sich zu Boden. Im selben Augenblick krachte dicht hinter ihm in einem Funkenregen ein brennender Ast herab, genau auf die Stelle, wo er Sekunden vorher noch gestanden hatte. Der junge Mann wandte sich nach seinem Retter um: Es war Tahzay, der Sohn Cochises. Dankbar drückte Chee ihm die Hand und erhob sich. Ein paar Meter weiter vorne sah er, wie ein Indianer sich erfolglos mit Kiuw abmühte. Chee rannte hin und entriss ihm die Zügel.

»Lass los!«, schrie er. Der Mann begriff und sprang zur Seite. Mit beiden Händen musste Chee zufassen, um das Pferd zu halten.

»Kiuw, alter Freund! Ich bin es doch, schau her, kennst du mich denn nicht!«

Er klopfte ihm den Hals und tätschelte seine Nüstern. Allmählich kam Kiuw zur Besinnung.

Da tippte jemand Chee an die Schulter. Er sah sich um: Tahzay stand hinter ihm.

»Leih mir dein Pferd! Meines Vaters Hengst ist durchgegangen!«, bat er.

Chee zögerte keinen Augenblick. Mit einem Schwung saß er auf Kiuws Rücken und streckte Tahzay die Hand hin. Flink wie eine Katze saß der Knabe hinter ihm auf.

Chee trieb sein Pferd an und setzte mit den Übrigen den Ausbrechern nach.

In diesem Augenblick fielen schwer und rund die ersten Regentropfen.

Im Schein eines Blitzes sah Chee die Ausbrecher einen Abhang hinaufjagen. Die weiße Mähne des Hengstes wehte. Mit seinem raschen, sicheren Galopp überholte Kiuw trotz doppelter Last allmählich die anderen Indianer. Immer stärker wurde der Regen, aber es blitzte und donnerte seltener; das Gewitter zog ab.

Chee blies sich das nasse Haar aus dem Gesicht.

»Hoffentlich holen wir sie ein«, klang die Stimme Tahzays dicht an seinem Ohr. »Wenn der Schimmel meines Vaters verloren geht…«

»Keine Angst, wir kriegen sie schon…!«

»Keiner wird mit Argua fertig… nur Cochise… und – vielleicht – ich!«

Chee verbiss ein Lächeln. »Du?«

»Ich weiß das ›Wort‹.«

»Ja, dann…«, sagte Chee.

Indianer richteten ihre Pferde oft so ab, dass sie nur einem einzigen Herrn gehorchten. Auf diese Weise hatte Chee selbst auch Kiuw zugeritten. Ein einziges Wort, in bestimmter Weise ausgesprochen, bewirkt, dass der wildeste Bronco, das kaum zugerittene Wildpferd, gefügig wird. Wenn also Tahzay das »Wort« kannte…

»Wollen wir nicht quer durch die Felsengruppe reiten?«, schlug der Knabe vor. »Dann können wir ihnen den Weg abschneiden.«

Rasch sah Chee sich um. Der Regen wurde immer stärker, aber nun packte ihn das Jagdfieber.

»Links ab … ich sag dir den Weg!«, rief der Knabe.

Chee schwenkte schräg ab, lenkte sein Pferd durch ein Gebüsch und stieß auf eine Art Felsenhohlweg, der in sanfter Neigung gegen den Hügel anstieg. Kiuw nahm ihn im Galopp.

Dann schossen sie plötzlich auf eine weite, freie Fläche hinaus. Etwa hundert Meter vor ihnen galoppierte der weiße Hengst Argua der Herde voran.

»Haben wir erst den Hengst, dann bleiben die anderen von selber stehen«, keuchte Chee. »Los, Kiuw, gleich haben wir ihn.«

Erst jetzt tauchten sehr weit hinter ihnen die übrigen Verfolger auf. Kiuw nahm alle Kraft zusammen und holte langsam den Hengst ein.

Nun jagten sie Seite an Seite dahin. Chee biss die Zähne zusammen und lenkte sein Pferd dicht an die Seite des Hengstes. Wie eine Wildkatze sprang Tahzay plötzlich von Kiuws Rücken auf den weißen Hengst hinüber. Kiuw, um eine Last erleichtert, wurde noch schneller und schoss dem Hengst ein Stück voraus. Dieser stieg auf der Hinterhand hoch, warf den Kopf empor und wieherte schrill. Die übrigen Pferde sahen den Leithengst halten und liefen unentschlossen langsam weiter.

Wieder bäumte sich Argua auf, aber Tahzay schien

auf seinem Rücken zu kleben. Mit einer Hand klammerte er sich in die Mähne, die ihm übers Gesicht peitschte, mit der anderen strich er dem Pferd über den Hals und flüsterte ihm leise Worte ins Ohr.

Chee zügelte Kiuw; das Pferd glänzte vor Schweiß und Regen. Nun endlich kamen auch die übrigen Indianer heran; im Nu hatten sie die Pferde eingekreist.

Immer noch bockte und keilte der Hengst; es war nicht leicht, ihn zu beruhigen. Durch den Regenschleier hindurch sah Chee ihn wie einen hochragenden Schatten; dunkel erkannte man auf seinem Rücken die Gestalt des Knaben.

Noch ein letztes jähes Aufbäumen – dann stand das große Tier zitternd und mit gesenktem Kopf still. Endlich hatte es das »Wort« begriffen und seinen Herrn erkannt.

Die Indianer stießen ein Freudengeheul aus und Chee atmete erleichtert auf. Erst jetzt sah er, dass seine Hände bluteten. Vor Erregung hatte er seine Fäuste so zusammengekrampft, dass ihn die Fingernägel in die Handflächen geschnitten hatten.

Während die Indianer die nun lammfrommen Pferde vor sich hertrieben, ritt Tahzay auf dem Schimmelhengst zu Chee heran.

»Es war ein heißer Kampf«, sagte er, »aber ich hab ihn bezwungen! Er gehorcht mir!«

»Bravo, Tahzay!«, rief Chee in aufrichtiger Freude. »Der Häuptling kann stolz auf dich sein!«

Nass bis auf die Haut, aber glücklich, ritten sie schweigend ins Dorf zurück.

DER FLUSS

Am folgenden Morgen funkelte die Sonne von einem makellos blauen Himmel herab. Nur die triefenden Büsche und der aufgeweichte Boden zeugten noch von dem nächtlichen Unwetter. Aber der Korral war eine Stätte der Verwüstung. Das Gatter war verkohlt und zusammengebrochen; es qualmte noch immer. Alle rüstigen Männer waren damit beschäftigt, einen neuen Zaun zu errichten.

Chee war eben dabei, mit seinem Messer Zweige von einem dicken Ast zu entfernen, als auf einmal Ann mit verdrossenem Gesicht vor ihm stand. Er hielt inne und blickte auf.

»Ich langweile mich«, sagte sie. »Den ganzen Morgen hab ich Nona beim Senfsamenlesen und beim Maismahlen geholfen. Danach wollte ich baden, aber das Wasser ist zu kalt. Wenn ich wenigstens die Apachensprache verstünde, dann könnte ich mich mit jemandem unterhalten. Aber Tahzay ist auf Jagd und Nah-lin … na, du weißt ja.«

»Ich kann heute nicht mit dir gehen; wir haben hier zu viel Arbeit. Aber willst du dir nicht den Wasserfall ansehen? Tonto kann dich hinführen; er versteht ein paar Worte Englisch.«

»Oh ja, gern. Wer ist denn Tonto?«

Chee lachte und rief einen Jungen, der ein paar Schritte entfernt spielte. Der Junge ließ seine Gefährten zurück und sprach kurz mit Chee.

Dann wandte er sich zu Ann, nickte mit dem Kopf

und ein breites Grinsen ließ sein Wolfsgebiss aufblitzen.

»Du kommen… zu Wasser viel große! Brumm! Brumm!«, rief er.

»Tonto zeigt dir den Wasserfall«, sagte Chee lachend. Dann wurde er ernst: »Nimm dich in Acht… du weißt, vor wem!« Er ließ seinen Revolver in Anns Tasche gleiten. »Solange Tonto bei dir ist, kann dir nichts geschehen, aber hüte dich, allein zu bleiben!«

Ann stand oben auf der Felswand und schaute ängstlich in das aufgewühlte Wasser hinab, das zehn Meter unter ihr schäumte und brodelte. Tonto neben ihr schrie sich heiser, fuchtelte wichtig mit den Händen und rollte die Augen.

»Wenn du fallen da runter – du weg, tot, fertig!«

Ann überlief ein Schauder. Und das, dachte sie, sind nur die »Stromschnellen«! Wie gewaltig muss dann erst der Wasserfall sein! Sie blickte Tonto an.

»Also, gehen wir…«, fing sie an – aber plötzlich verstummte sie, von jäher Angst gepackt: An der Wegbiegung war gerade Nah-lin aufgetaucht.

Das Indianermädchen sah sehr bleich aus. Sie ging auf Tonto zu und sagte ihm ein paar Apachenworte; sogleich wandte der Junge sich zu Ann: »Nah-lin sagen, Vater mich rufen. Nah-lin bleiben – ich schnell gehen.«

»Tonto, um Gottes willen!«, protestierte Ann.

»Nah-lin kennen Land sehr gut!«, versicherte der Junge und lief ohne ein weiteres Wort davon.

»Tonto!«, schrie Ann verzweifelt. Aber es war zu spät.

»Du – schön«, sagte Nah-lin mit ihrer dunklen Stimme und sah Ann eindringlich an.

Sie hielt inne und schlug die Augen nieder.

Ann atmete erleichtert auf.

»Weißes Mädchen… warum du immer noch liebst Chee?«, fragte das Indianermädchen dann in klagendem Ton.

Ärgerlich presste Ann die Lippen aufeinander.

»Nun hör doch endlich damit auf! Du gehst mir auf die Nerven! Ich tue, was mir beliebt! Lass mich in Ruhe!«

In Nah-lins dunklen Augen glühte es auf.

»Dann – du stirbst!«, zischte sie.

Da packte Ann eine furchtbare Angst. Nicht einmal an den Revolver, den Chee ihr gegeben hatte, dachte sie in ihrer Verwirrung. Rasch sah sie sich um: hinter ihr der Abgrund – vor ihr dieses Mädchen. Im ersten Schrecken wollte sie davonlaufen – aber dann nahm sie sich zusammen.

»Das wagst du nicht«, versetzte sie stolz. »Chee würde dich umbringen!«

»Nah-lin tut, was sie will«, sagte die Indianerin und packte Ann jäh an der Schulter. »Chee dich vergisst… Und später Nah-lin wird Squaw von Chee…!«

Sie tat einen Schritt vorwärts, auf den Abgrund zu. Ann wollte ausweichen, strauchelte… und stürzte mit einem gellenden Aufschrei in die Tiefe…

Nona trat aus ihrer Hütte und blickte suchend nach allen Seiten.

»Ann!«, rief sie, ging ein paar Schritte und schaute zum Korral hinüber. Sie konnte Chee von Weitem erkennen – von Ann keine Spur. Ein Gefühl der Sorge überkam sie.

Sie wandte sich um und rief noch einmal. Eine junge Frau, die vor ihrer Hütte saß, schaute auf.

»Das weiße Mädchen? Sie ist vor Kurzem mit Tonto zum Wasserfall gegangen. Nah-lin folgte den beiden etwas später.«

»Nah-lin?«, schrie Nona auf. Sie raffte ihren Rock und rannte zum Korral.

»Chee!«, schrie sie. »Nah-lin … am Wasserfall!«

Chee begriff augenblicklich. Ohne weitere Fragen rannte er zu Kiuw, band ihn los, saß mit einem Satz oben und ritt davon.

Nona blieb mit ihrer Sorge allein.

Wie ein Stein stürzte Ann ins eiskalte Wasser. Instinktiv hielt sie den Atem an. Ein Wirbel packte sie und riss sie an die Oberfläche. Sie hustete, spuckte und rang nach Luft – da wurde sie auch schon von der Strömung gepackt und fortgetragen. Eine hohe Welle riss sie wieder in die Tiefe. Vor Angst konnte sie keinen klaren Gedanken mehr fassen. Wieder kam sie nach oben. Über sich sah sie jetzt die steilen Felswände immer enger zusammenrücken; gleich würde sie daran zerschmettert werden. Wie ein Tier in der Falle zappelte und strampelte sie mit Armen und Beinen.

Plötzlich fassten ihre Finger festes Gestein; mit aller Kraft klammerte sie sich an. Die Strömung zerrte mit solcher Gewalt an ihr, dass Ann fast wieder losgerissen worden wäre; nur mit Mühe konnte sie sich halten. Mit beiden Armen umschlang sie die Felsnase, die da etwa zwei bis drei Meter vor den Stromschnellen aus dem Wasser ragte. Keuchend, halb erstickt und zähneklappernd drückte Ann sich dicht an den Stein, den ihr der Himmel geschickt haben mochte. Sie fürchtete nur, ihre Arme würden schon im nächsten Augenblick von dem glitschigen Gestein abgleiten.

Im Dunkel unterhalb der steilen Wand entdeckte Chee mitten in den gischtenden Wassern Anns blondes Haar, das bald auftauchte, bald wieder verschwand. Hinter sich hörte er Nah-lin herzzerreißend weinen, aber er wandte nicht einmal den Kopf. Er begann, die Felswand hinabzuklettern. Mit Händen und Füßen klammerte er sich an, nahm die geringsten Unebenheiten im Gestein wahr und kam allmählich dem Wasser näher. Plötzlich glitt er aus. Verzweifelt hielt er sich an einem Vorsprung, tastete mit den Füßen nach einem Halt – da rutschten auch seine Hände vom nassen Fels ab. Er stürzte in die graugrünen Wogen.

Mit allen Kräften ruderte er, um wieder an die Oberfläche zu kommen, und griff nach dem erstbesten Halt: Es war Anns langes Haar.

Das Mädchen hatte von alldem nichts bemerkt; in plötzlichem Schreck und Schmerz schrie sie nun auf, ließ die Felsnase los und sank sofort. Chee hielt sie fest.

Als sie mit dem Kopf wieder über Wasser kam, sah sie, nur ein paar Zentimeter vor sich, Chees Gesicht. Glücklich seufzte sie und schlang die Anne um seinen Hals.

Nona stand allein vor ihrem Zelt, Chee war fortgeritten. Sorge quälte sie. Keiner der anderen Indianer ringsum achtete auf sie; es galt als ungehörig, sich in die Angelegenheiten eines Nachbarn einzumischen, solange man nicht darum gefragt wurde.

Unerbittlich verstrich die Zeit.

Plötzlich entdeckte sie Nah-lin bei den Felsen am Dorfeingang. Nona stürzte ihr entgegen. Wankend, das Haar wirr um das verzerrte Gesicht hängend, kam das Mädchen näher und warf sich vor Nona in den Sand.

»Nah-lin, rede, was hast du getan?«

»Chee… und das weiße Mädchen… im Fluss! Lauft, helft ihnen! Nehmt Seile mit!«, keuchte sie mit geschlossenen Augen. »Beeilt euch! Ich flehe euch an!«

Das Wasser war eisig. Klappernd schlugen Anns Zähne aufeinander.

»Versuch, auf den Stein zu klettern!«, riet Chee.

Mit letzter Kraft zog sie sich hoch, bis sie auf dem Felsblock hockte. Dann ließ sie den Kopf hängen.

»Kopf hoch, Ann! Gleich kommt Hilfe!«

Eine Welle schlug über den Stein hinweg und überspülte Ann. Sie schüttelte den Kopf und musste heftig husten. Gewohnheitsmäßig hielt sie die Hand vor den Mund, kam ins Rutschen, versuchte noch, sich zu halten – aber da war sie auch schon wieder unter Wasser. Blitzschnell griff Chee zu und bekam sie gerade noch zu fassen. Ann kämpfte sich wieder nach oben und Chee zog sie zu sich heran.

»Wir müssen sterben«, keuchte sie. »Wir werden den Wasserfall hinabgerissen und niemand findet uns wieder.«

»Nicht den Mut verlieren, Ann …«

»Du hättest gar nicht kommen sollen …«, sagte sie noch. »Was wird Nona für Kummer haben!«

»Mutter!«, seufzte Chee. »Ach ja …«

Allmählich sank auch ihm der Mut. Seine Arme wurden steif und schwer wie Blei.

Wieder schwappte eine große Woge über sie hinweg. Um ein Haar wären sie mitgerissen worden; mit letzten Kräften klammerte Chee sich an den Stein.

Als die Welle verebbte, lag Anns Kopf an seiner Schulter – reglos. Er blickte an der grauen Felswand hinauf.

In der Unendlichkeit über ihnen kreiste ein Schwarm Vögel. Chee schloss die Augen und ließ die Stirn gegen den Stein sinken. Auch er fühlte, dass er am Ende war.

Aber als der Lebenswille ihn den Kopf noch einmal hochreißen ließ, sah er ein gutes Dutzend Reiter am Rand der Felswand über ihnen, als wären sie auf den hellen Himmel gemalt. Kräftig schüttelte er das Mädchen.

»Ann, schau auf! Wir sind gerettet!«

Sie hob den Kopf – doch wieder überspülte sie eine Welle und erstickte ihren Jubelruf. Und dann fühlte Chee, wie sein Arm langsam von dem Stein abglitt. Er wollte nachfassen, aber mit unwiderstehlicher Gewalt riss es ihn von dem Stein fort und in die Strömung hinein.

Er sah Ann versinken und packte sie mit verzweifeltem Griff beim Handgelenk.

Tausend nasse Arme umschlangen ihn und zogen ihn abwärts. Chee brüllte vor Wut. Jetzt noch den Halt zu verlieren, gerade als Hilfe kam!

Plötzlich klatschte ein Lasso ins Wasser, ganz nahe bei den beiden! Chee griff danach – verfehlt! Um einen knappen Meter nur! Er biss die Zähne zusammen und kämpfte gegen die Strömung an. Das Tosen des Wasserfalls übertönte die Rufe der Indianer über der Wand und das Wiehern der Pferde.

Wieder flog neben ihnen das Lasso ins Wasser. Diesmal gelang es Chee, das Seil zu erwischen; einen Augenblick später klammerte auch Ann sich daran, sie lachte und weinte zugleich.

»Gerettet!«, konnte Chee nur noch stammeln.

Oben waren die Indianer von den Pferden gesprungen. Einer warf ihnen ein weiteres Seil zu; Ann konnte es fassen und sich um den Leib schlingen.

Dann begannen die Indianer, die Lassos einzuziehen; die Wand rückte näher und näher, schließlich hatten sie sie erreicht und stemmten sich mit ihren letzten Kräften daran hoch. Je höher es aufwärts ging, desto mehr nahm ihre Erschöpfung zu. Ein paar Mal rutschte Ann ab und pendelte zwischen Himmel und Erde.

Aber die Indianer gaben nicht nach; höher und höher zogen sie die beiden, aus der tödlichen Tiefe zurück ins Leben.

DER AUFTRAG DES SERGEANT BROWN

»Sergeant Brown, der Kommandant wünscht, Sie zu sprechen!«

Der Gerufene warf missmutig die Karten auf den Tisch.

»Ausgerechnet jetzt, wo ich endlich einmal zwei Asse in der Hand habe!«, knurrte er. »Bis gleich also, Boys, hoffentlich macht's der Alte kurz!«

Als Terence Brown die Tür der Bar aufstieß, musste er einen Augenblick stehen bleiben, damit seine Augen sich an das blendende Sonnenlicht gewöhnen konnten. Dann straffte er sich, knöpfte den Uniformrock zu und ging langsamen Schrittes auf die Baracke des Kommandanten von Fort Williams zu.

Der Schreibtisch des Kommandanten war mit Papieren und Landkarten bedeckt. Eine Fliege summte darüber hin. Der Kommandant verjagte sie mit einer Handbewegung.

»Sergeant«, begann er, »Sie kennen ja wohl die Lage, in der wir uns dem alten Cochise gegenüber befinden.«

Sergeant Brown nickte. Ja, er wusste Bescheid: Vor ein paar Jahren hatte Cochise mit den Amerikanern Frieden geschlossen und sogar den Schutz der Reisenden gegen die Räuberbanden von Meskalero- und Nimbreño-Apachen übernommen. Aber dann war ein unerfahrener, junger Leutnant, frisch von der Militärakademie Westpoint, den empfindlichen Rothäuten gegenüber zu anmaßend aufgetreten und Cochise hatte wenig später das Kriegsbeil wieder ausgegraben …

»Das Ergebnis unserer letzten Erkundungen ist Ihnen ja wohl bekannt«, sprach der Kommandant weiter. »Cochise hat mit der Mehrzahl seiner Krieger einen Streifzug nach Mexiko unternommen – was uns eine kleine Atempause gewährt«, er lächelte schwach. »Außerdem haben wir festgestellt, dass sich sein Stamm zurzeit in den Dragon Mountains aufhält und dass sich für den Zug nach Mexiko ein anderer Stamm mit dem seinen zusammengetan hat: Die White-Mountain-Apachen haben sich mit den Leuten von Cochise vereinigt.«

Der Kommandant räusperte sich; er schien verlegen.

»Das Oberkommando hat angeordnet, die Abwesenheit Cochises für eine Säuberungsaktion zu benutzen: Ich habe Befehl gegeben, unter Einsatz aller mir zur Verfügung stehenden Mittel Cochises Ansiedlung mit lebendem und totem Inventar zu vernichten …«

»Aber das ist ja ungeheuerlich! Sie werden doch den guten Namen des Regiments nicht mit einer solchen Grausamkeit beflecken wollen?«

»Befehl ist Befehl, Sergeant Brown. Ich habe keine Wahl … Sie nehmen die dritte Kavallerie-Abteilung …«

Er stand auf und trat vor eine Karte, die an der Wand hing.

»Sie reiten durch dieses Tal. Die Navajos übernehmen die Ausschaltung der Chiricahua-Späher. Suchen Sie sich die besten Leute aus und nehmen Sie unsere neuen Schnellfeuergewehre mit, die Winchester 73.«

Brown war kreidebleich geworden.

»Ich lehne den Auftrag ab«, sagte er.

»Es ist ein *Befehl*, Sergeant!«

Der Kommandant sah ihm scharf in die Augen. Brown senkte den Kopf.

»Abmarsch morgen bei Tagesanbruch. Ich betone noch einmal: Ohne Gnade und Barmherzigkeit!«

Ann und Chee schlenderten den Waldrand entlang, Kiuw trottete hinterdrein.

Ann bückte sich, pflückte eine dunkelrote Blütendolde und steckte sie sich ins Haar. Dann stellte sie sich vor Chee hin und fragte lachend: »Na, wie gefalle ich Ihnen mit diesem Kopfschmuck, großer Krieger?«

Die Blütendolde hing auf ihre Wange herab, der Wind spielte in ihren widerspenstigen Locken. Sie trug noch immer die Indianerkleidung – den weiten, bunt gestreiften Rock und das helle, hirschlederne Hemd –, die Nona nach Anns Flussabenteuer für sie herausgesucht hatte; wie ein Waldkobold sah sie aus, eine Märchengestalt, bereit, jeden Augenblick im Dickicht auf Nimmerwiedersehen zu verschwinden.

Mit der ernstesten Miene der Welt erwiderte Chee: »Hässlich wie die Nacht…«

»Waaas?«

Mit beiden Händen begann sie, Blumen und Gras abzureißen und ihm unter ausgelassenem Lachen ins Gesicht zu werfen.

»Eine abscheuliche, alte Rothaut bist du!«, rief sie in künstlichem Zorn.

Wirklich: In seiner Indianerhose mit den eng anliegenden Beinen, mit seinem geschulterten Bogen, mit seinem langen Haar – das seit Mesilla schon ziemlich nachgewachsen war – sah Chee wie ein echter Apache aus; nur seine Haut war ein wenig zu hell.

Noch suchte er nach einer passenden Antwort, da bemerkte er, wie Kiuw sich plötzlich aufbäumte und leise wieherte. Sofort war Chees Aufmerksamkeit wach, er blickte sich um und lauschte. Alles schien in Ordnung. Er spähte nach den Büschen und Felsen ringsum, konnte aber nirgends verdächtige Spuren erkennen. Trotzdem wollte Kiuw sich nicht beruhigen; seine Nüstern bebten und er schüttelte den Kopf mit jener unruhigen Bewegung, die Chee sonst nur in Augenblicken großer Gefahr an ihm sah.

»Meinst du, Nah-lin belauscht uns?«, fragte Ann. »Sie hat sich seit der Geschichte am Fluss nicht mehr sehen lassen.«

»Nein! Das wäre ihrer nicht würdig. Allerdings, sie hat sich verändert.« Nachdenklich hielt Chee einen Augenblick inne. »Früher war sie immer lieb und freundlich – aber jetzt! Ich frage mich oft, was sie nur gegen mich haben mag?«

Ann hielt den Blick gesenkt und strich mechanisch über die Stickereien an ihrem Hemd.

»Sie liebt dich wirklich, Chee. In gewissem Sinn kann ich sie beinahe verstehen…« Langsam schlug sie die Augen zu ihm auf. »Sag mir, hättest du sie… zur Frau genommen, wenn du mir nicht begegnet wärst?«

Chee gab keine Antwort.

»Bitte«, rief sie, »sag mir's!«

»Ich glaube, ja«, sagte Chee langsam.

Ann wandte sich ab und schlug die Hände vors Gesicht.

»Warum hast du mich nur mitgenommen, damals in Mesilla! Nie hätten wir uns begegnen dürfen!«, rief sie und brach in Tränen aus.

Chee antwortete nicht. Er musste an das Gespräch denken, das er am Abend ihrer Ankunft hier mit seiner Mutter gehabt hatte.

»Um Himmels willen, Ann, geh in Deckung!«, rief er plötzlich und kauerte sich auch schon hinter einen Felsen. Er hatte begriffen, warum Kiuw so unruhig war: Ein Trüppchen Männer in blauer Uniform kam durch die tiefer liegende Ebene geritten.

»Oha!«, rief das Mädchen. »Das sind ja Soldaten!«

Chee spähte mit zusammengekniffenen Augen.

»Ich frage mich nur: Wissen sie nicht, dass die Chiricahuas hier sind, oder kommen sie gerade deswegen? Weshalb die Späher nur keinen Alarm gegeben haben? – Das ist wirklich verdächtig!«

»Was sollen wir tun?«, fragte Ann besorgt.

Chee bedachte sich kurz.

»Der Stamm muss so rasch wie möglich gewarnt werden!«, sagte er und ergriff ihren Arm: »Du reitest auf Kiuw zum Dorf; ich bleibe hier, beobachte weiter und versuche herauszubekommen, was sie vorhaben. Mich beunruhigt, dass die Späher nichts melden!«

»Ich tue, was du sagst. Aber Kiuw wird mich nicht im Sattel dulden. Du weißt ja, dass er nur dich hinauflässt.«

Chee nahm das Pferd beim Zaum.

»Steig auf!«

Das Mädchen gehorchte. Inzwischen klopfte Chee dem Tier die Nüstern und sprach leise auf es ein. Als Ann oben saß, ließ er den Zaum los und trat zurück. Kiuw sträubte sich nicht; er hatte verstanden.

»Also – nun sei auf der Hut, Ann!«

Chee wandte seine Aufmerksamkeit wieder der Ebene zu; hinter sich hörte er den verhallenden Hufschlag. Die Soldaten hatten angehalten; sie schienen sich zu beraten.

Chee überprüfte Bogen und Pfeile, dann legte er sich ins Gras und begann, näher heranzuschleichen.

Bäume und Büsche standen so dicht, dass Kiuw nicht galoppieren konnte; Ann musste sich immer wieder ducken, um mit ihrem Haar nicht in niedrig hängenden Ästen hängen zu bleiben. Ihre Unruhe wuchs von Minute zu Minute. Plötzlich sprang das Pferd mit einem Satz zur Seite. Jemand war ihm in den Weg getreten und hatte die Zügel ergriffen.

»Nah-lin!«, schrie Ann auf.

Diesmal war es wirklich Nah-lin. Ann überlegte, ob das Indianermädchen wohl immer noch Mordabsichten hegen mochte.

»Du geh runter von Pferd!«, sagte Nah-lin halb laut.

»Aber ...«

»Schnell, schnell!«, drängte das Indianermädchen.

Ann verbiss sich eine Antwort und sprang kurz entschlossen ab.

Ohne ein weiteres Wort, immer noch Kiuw am Zaum haltend, führte Nah-lin Ann mit sich durch den Wald. An einer Stelle, wo die Bäume schon lichter standen und man durch Kiefern und Gebüsch hindurch die Felsen schimmern sah, die die Chiricahua-Siedlung begrenzten, ließ das Indianermädchen Kiuw los, fasste Anns Arm, zog sie zu Boden und deutete ihr an, sich kriechend weiter vorwärts zu bewegen.

»Aber was soll denn das?«, fragte Ann.

»Still!«, flüsterte Nah-lin. »Du guck da!«

Ann kroch noch ein paar Meter nach vorne, reckte den Hals und sah einen Trupp Soldaten, der sich über die unbewachsene Fläche zwischen Dorf und Wald schnell auf die Hütten zubewegte.

Kein Zweifel: Der Stamm sollte umzingelt und angegriffen werden! Ratlos starrte Ann auf das Dorf. Was sollte sie tun? Wie sich verhalten? Gewiss, diese

Männer da waren Weiße, Amerikaner wie sie – aber Anns Herz war bei den Indianern, bei dem Stamm, zu dem Chee gehörte. – Mit einem Mal wurde ihr klar, dass Nah-lin ihr vorhin wohl das Leben gerettet hatte, als sie das Pferd anhielt. Diese Überlegung machte sie einen Augenblick lang sehr glücklich.

Merkwürdiges Mädchen, dachte sie. Sollten wir am Ende doch noch Freundinnen werden?

»Du geh zurück bei Chee – du Nah-lin gib Kiuw! Nah-lin macht Alarm bei Chiricahuas«, sagte das Indianermädchen.

»Aber wenn die Soldaten dich entdecken, schießen sie dich ab!«

Nah-lin schüttelte den Kopf.

»Nah-lin reitet Umweg durch Fluss – Fluss entlang, in Wasser – und quer durch Felsen! Nah-lin kennt besser als du!«

Sie sprang auf und rannte zu Kiuw zurück. Ann lief ihr nach.

»Du sag Kiuw, dass er lässt Nah-lin reiten!«

»Hm«, brummte Ann. Sie trat an das Pferd heran, fasste den Zaum und streichelte ihm die Nüstern.

»Hör zu, Kiuw, jetzt musst du schön brav sein und Nah-lin tragen. Weißt du, Nah-lin muss die Indianer warnen; sie sind in Gefahr … verstehst du, Kiuw?«

Und zu Nah-lin sagte sie: »Los, versuch's!«

Das Indianermädchen sprang in den Sattel. Kiuw blieb ruhig.

»Hurra!«, rief Ann.

»Du geh zurück bei Chee! Nix bleib hier!«, sagte

Nah-lin noch, biss die Zähne zusammen, presste Ki-uw die Fersen in die Weichen und stob davon.

»Und was willst du jetzt tun?«, fragte Ann, als sie Chee wiedergefunden und ihm die Lage erklärt hatte.

Chees Gesicht verfinsterte sich.

»Ich weiß es nicht«, sagte er. »Es reißt mich hin und her zwischen Weiß und Rot! Nie weiß ich, zu wem ich eigentlich gehöre. Oh, ich wünschte, ich wäre nie geboren!«

Statt einer Antwort schob Ann sanft ihren Arm unter den Chees.

Lautes Gebrüll klang plötzlich vom Dorf herüber, dann heftiges Gewehrfeuer. Chee fuhr zusammen.

»Ann, liebe Ann, was soll ich denn tun? Hilf mir doch!«

»Du musst das tun, wozu dich dein Gewissen treibt; alle anderen Gedanken musst du ausschalten!«

»Mein Gewissen?«, Chee zögerte. »Ich denke, vor allem müsste ich wohl meine Mutter beschützen ...«

»Das kann ich gut verstehen!«

Langsam hob Chee den Kopf.

»Also müsste ich gegen die Weißen kämpfen, zu denen mein Vater gehörte?«

»Es geht wohl nicht anders«, sagte Ann, aber diesmal etwas leiser.

»Ich müsste also, wie jeder indianische Krieger, vielleicht Menschen deiner Rasse töten ... Kannst du mir das verzeihen, Ann?«

»Da ist nichts zu verzeihen! Du musst Nona schützen und darfst an nichts anderes denken. Deine Mutter braucht dich. Lass mich hier und geh, bevor es zu spät ist. Ich verstecke mich zwischen den Felsen und rühre mich nicht. Chee, ich verspreche es dir, ich bin ganz vorsichtig!«

Trotz seiner Sorge um sie sah er ein, dass sie recht hatte. Er verlor kein weiteres Wort, zog den Revolver aus dem Gürtel und gab ihn ihr. Dann verschwand er im Wald.

DER ANGRIFF

Kaum hatte Nah-lin im Lager Alarm gegeben, da stürmten schon von allen Seiten Soldaten hinter Felsen und Pappelgebüschen hervor. Die Indianer waren gezwungen, schleunigst in ihren Behausungen Zuflucht zu suchen.

Nur ein paar Frauen und Kinder konnten in die Berge entweichen. Nah-lin befand sich nicht unter ihnen. Sie war erst zum Korral geritten, um Kiuw bei den übrigen Pferden in Sicherheit zu bringen. Nun lag sie in ihrer Hütte, flach an den Boden gepresst, fest entschlossen, wie all die anderen Indianer – ob Chiricahuas oder White Mountains – ihr Leben teuer zu verkaufen.

Sie besaß nur eine alte, rostige Flinte; die Waffe war eigentlich viel zu schwer für sie – aber sie zielte sorgfältig und schoss in aller Ruhe. Jedem Schuss, der durch die Hütte dröhnte, folgte ein qualvolles Ächzen vom Lager im Hintergrund des Raumes her.

Ohne auch nur den Kopf zu wenden, zischte Nah-lin verächtlich: »Die alte Frau tut besser, ihre Zunge still zu halten – oder zum Großen Geist zu beten, dass er uns den Sieg gibt!«

Die alte Mouna gab keine Antwort. An allen Gliedern zitternd, lag sie auf ihren Felldecken. Sie fühlte, ihre Macht über das Mädchen war gebrochen, und jetzt, da die Zeit zum Handeln gekommen war, hatte sie all ihr Mut verlassen. Schon seit dem Tag, da Ann im Fluss beinahe den Tod gefunden hätte, war das Verhältnis zwischen Nah-lin und ihrer Großmutter gespannt: Was die junge Indianerin sich selbst nicht verzeihen konnte, verzieh sie schon gar nicht der, die ihr den Rat dazu gegeben hatte.

Wenig später krachten plötzlich ganze Serien von Schüssen kurz hintereinander: Die Soldaten setzten jetzt ihre Winchesterbüchsen ein. Nah-lin presste sich gegen den Hüttenboden. Scharf pfiffen die Kugeln durch die leichten Wände. Hinter sich hörte sie noch eine Weile lang das Zähneklappern der alten Mouna, bis plötzlich alles still wurde.

Das Mädchen hob den Kopf und spähte zu der alten Frau hinüber. Nichts regte sich. Sie wurde unruhig.

»Großmutter! – Hörst du mich?«

Nun vergaß sie alle Vorsicht. Sie sprang auf, lief an das Lager und kniete davor hin. Da lag Mouna; aus ihrem halb offenen Mund sickerte ein dünner Faden Blut. Sie war tot. Behutsam bettete Nah-lin die alte Frau auf ihrem Lager zurecht, dann sank sie schluchzend zu Boden.

Chee schlich im Schutz der Felsen auf das umzingelte Dorf zu. Er befand sich hinter den feindlichen Linien und hatte wenig Hoffnung, als er sah, wie ungleich dieser Kampf war: Greise, Frauen, Kinder, eine Handvoll Krieger gegen gut hundert wohlausgerüstete, entschlossene Soldaten! Die Indianer saßen in ihren Hütten gefangen und sahen dem sicheren Ende entgegen. Chee dachte an Nona, seine Mutter. Sicher steckte auch sie noch in dieser Hölle!

Ein knappes Dutzend Meter vor ihm krachte eine Serie von Schüssen in schneller Folge; es klang dumpfer als gewöhnlich.

Winchesterbüchsen!, dachte Chee. Das hat noch gefehlt!

Kalte Wut packte den Jungen. Jetzt fühlte er sich nur noch als Indianer. Vorsichtig hob er den Bogen und zielte auf den Soldaten mit dem Schnellfeuergewehr, der, seiner Sache sicher, den beim Zielen hinderlichen, schweren Patronengurt abgelegt hatte und gerade wieder in Feuerstellung ging. Schuss! Chees Pfeil schwirrte durch die Luft und durchbohrte die linke Hand des Mannes. Mit einem Aufschrei ließ er die Büchse fallen und suchte das Weite, ohne sich um den auf dem Boden liegenden Patronengürtel zu kümmern.

Sekunden banger Stille vergingen.

Dann schnellte Chee aus seiner Deckung hervor und rannte den Hang hinab. Kugeln pfiffen ihm um die Ohren. Er ließ sich fallen, kroch heran und riss das Gewehr an sich. Halb liegend, im Rücken von einem

Felsen gedeckt, bemühte er sich fieberhaft, den Mechanismus der Büchse zu begreifen. Wutschreie und Flüche schallten aus den Reihen der Soldaten.

Terence Brown saß hinter einem Felsen in Deckung. Er stieß ein lautes »Verdammt!« hervor und griff sich an die Stirn. Eine so wilde Gegenwehr hatte er von den Indianern nicht erwartet; seine Gewissensbedenken waren in der Hitze des Gefechts verflogen. Jetzt schwang er den rauchenden Revolver.

»Drauf auf den Burschen, von allen Seiten! Wir müssen die Büchse wiederhaben!«, brüllte er.

»Der weiß ja nicht mal damit umzugehen«, sagte verächtlich der Mann, der neben ihm hockte.

»Geb's Gott...«, brummte der Sergeant.

Die Soldaten schienen wenig Lust zu haben; da sprang er auf: »Na, ihr wollt wohl nicht? Ihr habt wohl Angst vor dem Jüngelchen?«

Ein paar »Blaue« rannten los.

Mit fiebernden Fingern mühte sich Chee an der Winchesterbüchse ab. Kugeln schlugen rings um ihn ein, ihm wurde himmelangst. Nur Sekunden noch und er war verloren – und diese Unglücksflinte wollte und wollte nicht losgehen!

Da – eine Serie Schüsse peitschte aus dem Lauf. Tief atmete Chee auf.

Aber da stürmten auch schon die Soldaten heran. Er erhob sich auf die Knie, zog den Hahn durch und jagte Feuerstöße nach allen Seiten. Zwei Soldaten stürzten, die anderen suchten schleunigst Deckung und verschwanden hinter den Steinen.

Chee duckte sich wieder und setzte die schwere Büchse ab. Wie ein Albtraum kam ihm das alles vor, mit Abscheu blickte er auf die Waffe.

Nach einer Weile hob er den Kopf und schaute vorsichtig um sich. Er wusste, hinter fast jedem Stein lag ein Feind – aber er musste hier heraus, koste es, was es wolle. Jetzt, da er im Besitz der Winchesterbüchse war, konnte er hoffen, den Ring der Belagerer zu sprengen und den Indianern zu helfen, aus dem Dorf zu entkommen.

Der Feind musste überrascht werden! Chee schätzte den Streifen freies Feld zwischen der Stelle, wo er lag, und den ersten Hütten auf etwa fünfzig Meter. Er band sich den Patronengürtel des geflüchteten Soldaten um und packte die Büchse fester. Jäh sprang er auf und rannte in langen Sätzen auf die Hütten zu.

Schreie gellten, Kugeln pfiffen ihm um die Ohren.

Halb geduckt lief er vorwärts, schlug Haken und setzte über Geröllhaufen hinweg. Plötzlich ein Fehltritt; er stolperte und schlug lang hin. Die Büchse entglitt seiner Hand und rutschte ein Stück weiter. Mit einem wilden Satz war er wieder auf den Beinen und raffte das Gewehr auf. Vor seinen Augen tanzten glühende Funken, im Unterarm stachen tausend Nadeln … Wie weit noch?

Terence Brown war aufgesprungen, alle Vorsicht vergessend. »Schießt doch!«, brüllte er. »Schießt doch, ihr Schlafmützen!«

Er riss sein Gewehr hoch, zielte – und setzte mit einem Fluch wieder ab: zu spät! Chee hatte die erste Hütte erreicht. Kopfüber stürzte er hinein.

Er fiel auf harten, kühlen Boden. Jemand hob seinen Kopf und setzte ihm eine Flasche an die Lippen. Er griff zu und trank das lauwarme Wasser in langen Zügen.

»Uff!«, rief er erleichtert und richtete sich auf dem Ellbogen auf. »Da bin ich ja noch mal davongekommen!«

Er strich sich über die Stirn und sah sich um. Eine ältere Frau und ein kleiner Junge hatten sich aus Fellen und Tontöpfen eine Art Brustwehr gebaut. Die Frau hockte neben Chee und streichelte mit der einen Hand achtungsvoll über die Winchesterbüchse. Ab und zu pfiffen Kugeln durch den oberen Teil der Hütte. Chee bemerkte auf einmal, dass ihn ein Schuss am Arm gestreift hatte. Aber er kümmerte sich nicht weiter darum.

»Wir haben dich gesehen«, sagte die Frau nach einer Weile, »aber wir konnten nicht schießen, um dir zu helfen; wir hätten sonst dich getroffen.«

»Wo ist Nona?«, fragte Chee, als er etwas zu Atem gekommen war.

Die Frau zuckte die Achseln; sie wusste es nicht. Aber der kleine Junge, der da zwischen den Tontöpfen flach auf dem Boden lag, hob den Kopf.

»Ich habe sie gesehen. Sie ist mit Tonto und seiner Mutter gleich am Anfang geflüchtet.«

Chee atmete auf. Aber dann lachte er enttäuscht vor sich hin. Seine Gewissensnöte, sein schwerer Entschluss, sein Durchbruch durch die Reihen der Feinde – das war nun alles umsonst gewesen: Nona hatte ihn gar nicht nötig gehabt!

Umsonst? Das bestimmt nicht! Diese Frauen und Kinder hier konnten noch gerettet werden. Und da er nun einmal das Mittel dazu in der Hand hatte, musste er es auch gebrauchen!

»Hat Nah-lin euch gewarnt?«, fragte er.

»Sie und ein Krieger, der die Feinde ebenfalls gesehen hat. Aber beide sind zu spät gekommen; sie hatten schon mit dem Angriff begonnen …«

Es entstand ein Schweigen, das nur durch Schüsse von beiden Seiten und das Pfeifen der Kugeln unterbrochen wurde. Chee griff wieder nach seiner Büchse. Die Kammer war leer; er band den Patronengurt los und lud nach. Als er fertig war, wandte er sich um und kroch zur Tür, um hinauszusehen.

Das Gefecht war vorübergehend zur Ruhe gekommen. Die Soldaten saßen in ihren Felsendeckungen; anscheinend berieten sie. Chee trat lautlos vor die Hütte, aber schon pfiff eine Kugel dicht an ihm vorbei. Schnell zog er sich zurück. Offenbar überwachten die Soldaten von ihrer Deckung aus jede Tür, um zu verhindern, dass die Indianer die Hütten verließen oder untereinander Verbindung aufnahmen.

Wenn nur Cochise da wäre! Skynea, sein Stellvertreter, war offenbar der Lage nicht gewachsen! Entweder müsste man den Angriff zurückweisen oder doch wenigstens eine Bresche in den Gürtel der Feinde sprengen, damit die Frauen und Kinder sich retten konnten!

Die zweite Lösung hatte wohl am meisten Aussicht auf Erfolg; aber wie sollte man sie verwirklichen?

Plötzlich griff Chee sich an den Kopf: Warum war er nur nicht früher darauf gekommen? Er wandte sich der Frau und dem Jungen zu.

»Die Pferde! Wir lassen die Pferde los und jagen sie quer durchs Dorf den Soldaten entgegen – in der allgemeinen Verwirrung versuchen wir auszubrechen!«

»Gut!«, stimmte die Indianerin bei. Ein Hoffnungsfunke glühte in ihren Augen auf. »Sehr gut! Aber wer macht sie los?«

»Ich«, sagte Chee.

»Nein!«, rief der kleine Junge dazwischen. »Du bist der Einzige, der mit der ›Flinte der tausend Schüsse‹ umzugehen weiß. Lass mich hinlaufen!«

»Das kommt nicht infrage; für dich ist das viel zu gefährlich!«, rief Chee.

»Aber ich …«

»Kein Wort mehr, Kleiner, es hat keinen Zweck!«

»Doch!«, sagte da auf einmal die Indianerin. »Mit einer solchen Tat könnte mein Sohn einmal zeigen, dass er Mut hat.«

Die dunklen Augen des Jungen blitzten auf.

»Ja! Ja! Ich hab wirklich keine Angst!«

Chee zögerte noch, aber schon lief der Junge zur Tür.

»Was soll ich also tun?«, fragte er.

»Aber so hört doch!«, wollte Chee noch einmal einwenden. Doch wieder fiel ihm die Indianerfrau ins Wort: »Ich bitte dich, lass meinen Sohn gehen!«

»Na gut. Wie heißt du denn?«, erkundigte sich Chee gerührt.

»Cham.«

»Also, Cham, pass auf: Du läufst zum Korral und bindest die Pferde los. Jag ihnen einen tüchtigen Schrecken ein und treib sie auf die Mitte des Dorfes zu. – Wenn die Soldaten auf dich schießen, schütze ich dich mit der Flinte der tausend Schüsse.«

Die Indianerin kroch zu ihrem Sohn und umarmte ihn.

»Viel Glück!«, sagte Chee und strich ihm durchs Haar.

Noch einmal lächelte Cham – ein verzerrtes Lächeln, trotz allem –, dann kroch er durch die Tür, sprang plötzlich auf die Füße und rannte davon. Sogleich wurde er unter Feuer genommen; haarscharf pfiffen die Kugeln an ihm vorbei und rings um ihn stiegen kleine Staubwölkchen auf.

Chee und die Mutter verfolgten seinen Lauf mit starrem Blick. Der Indianer umfasste krampfhaft die Winchesterbüchse und knirschte mit den Zähnen.

Nach wenigen Augenblicken entschwand der Junge aus ihrer Sicht. Ohne Zögern stieß die Indianerfrau mit dem Gewehrkolben dicht über dem Hüttenboden einen Brocken Lehm aus der Wand, legte sich an die Öffnung und beobachtete zusammen mit Chee des Jungen Wettlauf mit dem Tode.

Flink wie eine Hase lief Cham dahin, duckte sich, sprang zur Seite, schlug jähe Haken und nutzte die

Deckung der Hütten. Dicht hinter ihm schlugen die Kugeln ein.

Aber plötzlich stolperte er, schlug hin und blieb regungslos liegen. Ein Aufschrei der Empörung aus den Hütten.

Chee sah die Indianerin an. Sie war bleich geworden.

Fast grob schob er sie beiseite und richtete das Gewehr auf die Felsen. Er zitterte vor Wut.

»Solche Feiglinge! Auf ein Kind zu schießen!« An einem Steinblock entdeckte er eine blaue Gestalt und gab Feuer. Das anhaltende Knattern der Winchesterbüchse übertönte alle anderen Geräusche. Die Gestalt war verschwunden. Mit einem Satz war Chee an der Tür, ging in die Knie und feuerte nach der anderen Seite. Ein Soldat fiel, noch einer stürzte ...! Wie ein Automat bediente Chee seine Waffe, er lud, schoss, lud wieder ... und wusste kaum mehr, was er tat. Die Indianerin hing wieder mit den Augen am Guckloch; sie achtete nicht auf die Kugeln, die nahe der Hütte einschlugen.

Plötzlich schrie sie auf: »Sieh doch, da!« Chee fuhr herum, ließ das Gewehr fallen und warf sich zu Boden. Gerade konnte er noch sehen, wie der Junge schattengleich hinter eine Hütte huschte. Dann entschwand er ihren Blicken.

»Er ist gar nicht tot! Er schafft es! Mein Sohn wird ein großer Krieger!«, jubelte die Indianerin stolz; sie lachte und Tränen liefen ihr über die Wangen.

Die Soldaten waren wie erstarrt, als sie den vermeintlich Toten plötzlich weiterlaufen sahen; sie fassten sich jedoch schnell und schossen von Neuem auf den Jungen. Chee und die Indianerin konnten ihn nicht mehr sehen, aber ihre Angst war vorbei. Mochten auch Schüsse knallen und Kugeln pfeifen – Cham würde sein Ziel erreichen!

Der kleine Cham war am Bein verwundet worden und erreichte nur unter Aufbietung seiner letzten Kräfte den Korral. Hohes Gras und dichtes Gebüsch wuchsen hier, eine schwache Deckung gegen die Sicht der Feinde.

Er wusste, überall lauerten Soldaten, und es war gut möglich, dass plötzlich einer vor ihm auftauchte. Er zog sein Messer aus dem Gürtel und nahm es zwischen die Zähne. Dann humpelte er zu den Pferden, die, dicht aneinandergedrängt, verängstigt den Boden stampften. Seit sie in jener Brandnacht ausgebrochen waren, band man sie an einem dicken Pfahl fest, weil die Gatter noch nicht vollständig erneuert waren.

Cham war mit seinen Kräften am Ende. Sein Bein war schwer wie Blei; eine Blutspur blieb hinter ihm zurück. Er keuchte vor Erschöpfung, hielt eine Weile inne und legte sich auf den kühlen Boden. Am liebsten wäre er liegen geblieben, mit geschlossenen Augen, ohne sich zu rühren. Aber er musste ja weiter; nur noch ein paar Meter trennten ihn von den Pferden. Und so kurz vor dem Ziel konnte er doch nicht aufgeben!

Er riss sich zusammen und humpelte vorwärts, bis er unmittelbar vor den Pferden stand. Dann ließ er sich auf alle viere nieder und kroch zwischen den halbwilden Tieren hindurch, auf den Pfahl zu. Mit einer Hand richtete er sich daran auf und säbelte mit seinem Messer die Stricke durch. Die Pferde schnaubten, als sie sich frei fühlten, und zögerten, wohin sie laufen sollten.

Cham ergriff sein Messer und stach eines der Tiere leicht in die Kruppe. Das Pferd wieherte auf, machte einen Satz und jagte über die Trümmer des Gatters hinweg, in Richtung des Dorfes davon.

»Prrr! Arrreh! Prrr!«, schrie Cham.

Er schwang sein Messer und hieb damit auf die Pferde ein, wie er sie gerade erreichen konnte. Einen kurzen Augenblick lang herrschte wildes Durcheinander, dann rasten die Tiere mit entsetztem Gewieher und polternden Hufen auf das Dorf zu.

Cham hatte seinen Auftrag erfüllt! Er ließ den Pfahl los, sank ins Gras und schloss die Augen.

Überrascht und ratlos sahen die Soldaten die Pferde in vollem Galopp durch das Dorf rasen, alles niedertrampelnd, was ihnen in den Weg kam. Dichte Staubwolken stiegen unter ihren Hufen auf.

Terence Brown begriff, dass ein Plan dahintersteckte.

»Los!«, brüllte er. »Die wollen abhauen!«

Um seinen Männern ein Beispiel zu geben, sprang er hinter dem Felsen hervor. Da packten auch die Soldaten die Waffen fester und stürmten aus ihren Deckungen auf das Dorf zu.

Die belagerten Indianer wussten die Gelegenheit

zu nutzen: Sie verließen ihre Hütten und rannten mit den durchgehenden Tieren in die Berge hinauf, einige konnten sich sogar im vollen Lauf auf ein Pferd schwingen. Aus allen Richtungen sausten die Kugeln, vor lauter Staub war fast nichts mehr zu sehen.

Chee, die Winchesterbüchse in der Faust, fasste die Indianerin beim Arm und riss sie aus der Hütte.

»Rette dich!«, schrie er. Da war sie auch schon in einer Gruppe Fliehender verschwunden.

Chee lief nun von Hütte zu Hütte und trieb auch die letzten dort noch verborgenen Indianer hinaus.

»Rettet euch doch! Worauf wartet ihr? Das ist unsere letzte Chance! ... Klar, die Kinder auch! Rasch!«

Er nahm ein weinendes, kleines Mädchen bei der Hand und stürzte sich mit ihm ins Gewühl. Dort hatte ein Mann ein Pferd anhalten können; eben schwang er sich hinauf. Chee hob das Kind hoch und warf es ihm in die Arme. Schon galoppierte der Mann in einer Staubwolke davon.

Wieder riss Chee an einer Hütte den Vorhang auf. Unbeweglich lag dort eine zusammengekauerte Gestalt.

»Rasch! Raus hier!«, befahl er.

Eine Indianerin erhob sich langsam.

»Nah-lin!«

»Ach, Chee«, rief sie weinend, »sie haben sie erschossen, sie ist tot – jetzt bin ich ganz allein!«

Er ergriff ihren Arm und riss sie mit sich fort, bevor sie Zeit fand, sich zu sträuben.

Staub setzte sich in Nase und Augen und nahm

ihnen den Atem. Schemenhaft tauchte plötzlich eine blaue Gestalt vor den beiden auf. Chee ließ Nah-lins Arm los und stellte dem völlig überraschten Soldaten ein Bein, sodass er auf den felsigen Boden stürzte. Die beiden rannten weiter, Nah-lin klammerte sich an Chee; sie war am Ende ihrer Kraft. Plötzlich stolperte sie und schlug hin.

»Lass mich hier sterben; ich bin so unglücklich!«, schluchzte sie.

»Auf, Nah-lin!«, keuchte Chee.

Ein Schatten zeigte sich hinter ihnen. Chee sprang zur Seite und fuhr herum.

»Schau an, wen sehe ich da!«, sagte ein Soldat spöttisch und fuchtelte mit seinem qualmenden Revolver durch die Luft. »Hab ich mir's doch gedacht!«

»Wells!«, rief Chee.

»Und wie immer in galanter Begleitung!« Wells lachte und warf einen Blick auf die am Boden liegende Nah-lin. Langsam hob er den Revolver. »Und jetzt sollst du mir mein gebrochenes Nasenbein bezahlen!«

Gellend schrie Nah-lin auf. Wells drückte ab. Chee warf sich zu Boden. Aber nur ein leises Klicken ertönte; die Waffe war leer.

»Millionendonnerwetter!«, fluchte Wells. »Wart nur, wir sprechen uns noch!«

Er machte kehrt und verschwand in einer Staubwolke.

Wutbebend sprang Chee auf, dann half er Nah-lin auf die Beine. Einen Augenblick stand er keuchend, unentschlossen, einen Arm um das Mädchen gelegt.

Plötzlich raste durch die Staubwolken ein prächtiger Schecke im gestreckten Galopp heran. Chee drückte Nah-lin die Büchse in die Hand, lief dem Tier entgegen und trat ihm in den Weg. Das Pferd tat einen mächtigen Satz zur Seite. Aber schon hing Chee an seinem Zaum. Er wurde ein paar Meter mitgeschleift, dann stand das Tier, zitternd und schweißnass.

»Nah-lin!«, schrie Chee heiser.

Er nahm die Büchse wieder an sich. »Steig auf!«

Sie klammerte sich an die dichte Mähne und schwang sich hinauf.

»Zu Nona!«, rief Chee.

Nah-lin schrie und streckte die Hände nach ihm aus.

»Nein, nein! Du musst mitkommen! Du läufst ja in den sicheren Tod!«

»Ich komme nach!«

Das Tier bäumte sich und wieherte.

»Chee!«, schrie Nah-lin noch einmal verzweifelt.

Da galoppierte ein Wildpferd dicht an ihnen vorbei. Der Schecke setzte ihm nach und jagte mit Nah-lin davon, in die Berge hinauf.

DIE BEIDEN PATROUILLEN

In ihrem Versteck hörte Ann angespannt auf das Gewehrfeuer. Ihr Herz schlug zum Zerspringen, sie biss sich in die Fäuste, um vor Angst nicht laut zu schreien. Und sie musste hier untätig sitzen und zuhören! Es war nicht auszuhalten! Aufgeregt lief sie zwischen den Felsen hin und her. Mit einem Mal blieb sie jäh stehen. Schwere Schritte näherten sich.

Sekundenlang sah sie sich unentschlossen um, dann sprang sie hinter einen Felsblock und hockte sich nieder. Atemlos lauschte sie. Kein Zweifel, da kam jemand! Aber wer? Indianer trugen keine Stiefel. Soldaten?

Ann konnte nicht wissen, dass Terence Brown drei bis vier Mann starke Streiftrupps eingesetzt hatte, die die Berge durchkämmen und jeden, der ihnen in die Hände fiel, gefangen nehmen sollten.

Die Schritte kamen näher. Schon konnte Ann einzelne Worte einer Unterhaltung verstehen.

»Das geht's ja heiß her da unten, was? Hör dir nur diesen Feuerzauber an!«

»Weiß der Teufel! Jedenfalls haben wir gutgetan, uns da herauszuhalten... Schließlich bin ich ja nicht lebensmüde!« Der Sprecher lachte höhnisch auf.

Die Schritte entfernten sich; Steine kollerten unter den schweren Stiefeln. Ann sprang auf, schlich aus ihrem Versteck und rannte, so schnell sie konnte, in die entgegengesetzte Richtung davon.

Für den Augenblick waren die Feuerstöße der Winchesterbüchsen verstummt. Man hörte jetzt nur noch einzelne Schüsse, die in den Bergen lange widerhallten.

Ann war so aufgeregt, dass sie bei jedem Knall zusammenzuckte. Auf einmal hatte sie das Gefühl, sie müsste den Verstand verlieren, wenn sie noch eine Minute länger zwischen den Felsen hier bliebe, wo an jeder Ecke Gefahr lauern konnte.

Vom Dorf her kam jetzt der Widerhall stärkeren Gewehrfeuers. Sie fuhr zusammen und zitterte vor Angst und ohnmächtiger Wut.

Wieder wurde es still. Ann presste die Hände gegen die Schläfen. Wie lange sollte das alles noch dauern?

Mit klatschendem Flügelschlag hob sich ein Vogel von einem Felsblock und kreiste am Himmel dahin. Mechanisch folgte ihm Ann mit den Blicken. Da erstarrte sie plötzlich vor Schreck: Ganz in ihrer Nähe fiel ein Schuss, dem lautes Gelächter folgte. Ann hob den Kopf. Angst und Neugier kämpften in ihr. Die Neugier war stärker. Ann lief einen Hang hinauf, kletterte über ein paar Steinhaufen, streckte vorsichtig den Kopf vor und spähte um die Felsen.

Unter ihr lag zwischen steilen Wänden eine Art Mulde. Mitten darin, hinter ein paar Felstrümmern, kauerten zwei Indianerjungen. Sie hätten nur wenige Schritte zu laufen gehabt, um das Geröll unmittelbar vor der Wand zu erreichen – aber höchstens zehn Meter vor ihnen hockten, gleichfalls hinter Felsen, drei bewaffnete Soldaten in Deckung und ließen sie nicht aus den Augen.

Ann konnte die ganze Szene überblicken.

Zwei der Männer hielten ihre Revolver auf die Kinder gerichtet; der dritte, ein noch sehr junger Soldat, saß mit dem Rücken an einen Felsen gelehnt und trommelte nervös mit den Fingern auf seinen Gewehrkolben. Man sah deutlich, er wollte mit diesem Kampf gegen Kinder nichts zu tun haben.

»Pass auf, Joe, gleich treibe ich sie raus aus ihrem

Loch!«, rief der eine. Er nahm den Hut ab, stülpte ihn über den Lauf seines Revolvers und hob ihn vorsichtig über die Deckung.

Der ältere der beiden Jungen hob seine Waffe und schoss. Dabei wandte er den Kopf und Ann erkannte – Tahzay!

Der Soldat hatte den Hut zurückgezogen und schlug seinen Kameraden mit lautlosem Lachen auf die Schulter.

»Feiglinge seid ihr!«, schimpfte der jüngere Soldat und raffte sich aus seiner Teilnahmslosigkeit auf. »Über Kinder herzufallen!«

Joe zuckte die Achseln.

»So lautet der Befehl!«, sagte er nur. Dann zu dem anderen: »Noch mal, Tony!«

Wieder hob Tony vorsichtig seinen Hut.

Da begriff Ann: Sie warteten darauf, dass der Junge seine Munition verschoss.

Tatsächlich riss Tahzay den Revolver hoch und schoss. Der Hut verschwand, erschien aber kurz darauf von Neuem. Wieder drückte der Knabe ab – nur noch ein schwaches Klicken war zu hören.

Einen Augenblick lang blickte der Häuptlingssohn verzweifelt auf seine Waffe, die ihm jetzt nichts mehr nützen konnte.

In einer Aufwallung von Stolz erhob er sich auf die Knie und schleuderte den Revolver gegen die Felsen, hinter denen die Soldaten saßen. Klirrend flog die Waffe gegen das Gestein und fiel zu Boden.

Dann zog Tahzay das Messer, legte den Arm um

die Schultern des kleineren Jungen neben ihm und wartete ruhig ab.

»Ich glaube, die hätten wir!«, rief Tony und lugte vorsichtig über den Felsen hinweg.

»Feiglinge seid ihr!«, wiederholte der junge Soldat.

Tony gab keine Antwort. Er stand auf, die Waffe in der Faust …

»Das kann man doch nicht …«, zischte Ann vor sich hin, und bevor sie sich selber klar wurde, was sie tat, hörte sie sich mit zornbebender Stimme schreien: »Gemeine Schufte ihr! Schämt ihr euch denn nicht, diese Kinder anzufallen? An eurer Stelle würde ich tausend Meter unter den Erdboden versinken!«

Die Soldaten vergaßen alle Vorsicht und sprangen auf. Sie dachten nicht mehr an die Indianerjungen, sie starrten wie gebannt auf die Felsen, von denen diese Frauenstimme gekommen war.

Hoffentlich nutzen die Jungen die Gelegenheit und machen sich davon!, dachte Ann, begeistert von ihrem Einfall.

Heiser vor Aufregung klang Joes Stimme herüber: »Was … wer … Ja, sind Sie etwa eine Weiße?«

»Keine Ahnung!«, rief Ann ganz ernst zurück. »Das hängt vom Wetter ab!«

»Aber Sie sind doch wahnsinnig!«, schrie Tony.

»Nicht so wie ihr!«, versetzte Ann schlagfertig.

»Zeigen Sie sich doch! Haben Sie Angst?«, rief Joe.

»Vor euch nicht!«

»Aber – He! Aufpassen! Die Jungen brennen uns durch!«

Ann sah, dass sie mit ihrer List Erfolg hatte, und ließ ein lautes Hohnlachen hören: »Das geschieht euch recht! Auf Wiedersehen, ein andermal, ihr tapferen Soldaten!«

Sie wartete das Weitere nicht ab, sondern schwang sich von ihrem erhöhten Standpunkt hinab und rannte, so schnell sie konnte, davon.

Es ging einen steinigen Abhang hinunter und sie verfluchte ihre Schuhe; sie waren glatt und klatschten laut auf den Boden. Weit hinter sich hörte sie die Soldaten fluchen und schreien; sie suchten sie zwischen den Felsen.

Himmel, war dieser Abhang steil! Sie spürte, wie ein Stein unter ihren Füßen wegrutschte, fuchtelte mit den Armen, um wieder ins Gleichgewicht zu kommen, wirbelte wie der Wind zwischen zwei Felswänden hindurch, warf sich gewandt zur Seite – und dann schlug sie lang hin. Das tat weh! Stöhnend betrachtete sie ihr aufgeschundenes Knie, dann rappelte sie sich auf. Hinkend lief sie weiter, so gut es ging. Das Bein brannte wie Feuer.

Vor ihr stand plötzlich eine Gestalt. Erschrocken hob sie den Blick – dann atmete sie auf: »Ach, du bist es, Tahzay!«

»Komm!«

Cochises Sohn nahm sie beim Arm und zog sie hinter einen Felsblock. Der andere Junge, der dort kauerte, rückte ein wenig zur Seite, um ihr Platz zu machen.

»Still!« Tahzay legte den Finger über die Lippen.

Ann nickte mit schmerzverzerrtem Gesicht und

hockte sich nieder. Ein paar Augenblicke später kamen die Soldaten vorbeigerannt, dass die Steine unter ihren Stiefeln kollerten.

»Ich wette meine Flinte, es war eine Weiße!«, behauptete Tony.

»Quatsch!«, fauchte sein Kamerad. »Was sollte die denn hier tun? Eine Weiße auf der Seite der Apachen? Das war einfach ein Indianerweib, das ein bisschen was gelernt hat!«

»Und ich sage dir…«

Das Gespräch verhallte; die Männer verschwanden zwischen den Felsen.

Tahzay schaute Ann lächelnd in die Augen.

»Das weiße Mädchen ist gut. Sie hat die Söhne Cochises gerettet.«

Ann lächelte zurück.

In diesem Augenblick hörten sie vom Dorf her die Winchesterbüchsen krachen. Tahzays Gesicht verdüsterte sich.

»Sie kämpfen«, murmelte er. »Ach, wäre doch nur mein Vater hier! – Hast du eine Waffe?«, fragte er mit schwacher Hoffnung.

»Aber ja, natürlich!« Jetzt erst fiel Ann ein, dass Chee ihr ja seinen Revolver gegeben hatte. Sie holte ihn aus der Tasche und gab ihn Tahzay.

Der Junge nahm ihn, sah nach, ob er geladen war, und schob ihn in den Gürtel.

»Ich gehe jetzt«, sagte er. »Kannst du auf meinen Bruder Nachise aufpassen, weißes Mädchen?«

Ann warf einen Blick auf das hübsche, aber traurige Gesicht des kleinen Jungen, der neben ihr hockte. Dann nickte sie und stand auf.

»Gib gut acht, Tahzay …«

Drüben beim Dorf lebte plötzlich die Schießerei wieder auf. Ein sonderbares Geräusch mischte sich plötzlich unter das Peitschen und Knattern: Es klang fast wie das dumpfe Poltern einer Holztrommel. Dazwischen hörte man Schreien und Rufen.

»Was ist das?«, fragte sich Ann, von neuer Besorgnis erfasst.

Auf einmal war es ihr klar: »Pferde! Was mag da nur geschehen sein?«

Rasch nahm sie den kleinen Indianer bei der Hand und zog ihn in Deckung. Deutlich konnte sie jetzt hören, dass sich ein Pferd in leichtem Galopp näherte. Jetzt sprengte es heran! Ann fuhr mit einem Ruf der Überraschung hoch.

Auf dem Tier saß Nah-lin, dicht über die flatternde Mähne geduckt; ihr Gesicht war fast völlig darin verborgen. Sie ließ die Zügel hängen, sodass das Tier laufen konnte, wohin immer es wollte. Ann sprang aus der Deckung und trat ihm in den Weg.

»Nah-lin!«

Das Pferd machte einen Satz zur Seite, dann blieb es mit gesenktem Kopf stehen. Langsam richtete Nah-lin sich auf und Ann erschrak über ihr bleiches Gesicht. Sekundenlang sahen sich die beiden Mädchen in die Augen; Ann bemerkte nichts als Not und Kummer in dem düsteren Blick der Indianerin. Nach einer Weile strich sich Nah-lin müde über die Stirn und glitt vom Pferd.

»Wie steht es?«, fragte Ann und von Neuem presste die Angst ihr das Herz zusammen. Was wusste Nah-lin über die Ereignisse im Dorf?

Die junge Indianerin taumelte auf einen Stein zu und ließ sich darauf niedersinken.

»Großes Gefecht«, sagte sie leise, »viele tot … Chee hat Stamm gerettet …«

Ann schrie auf: »Chee?« Sie kniete sich neben Nah-lin und packte sie hart am Arm.

»Erzähl doch!«, drängte sie.

»Ja … Chee hat genommen ›Gewehr der tausend Schüsse‹, hat geschossen auf Weiße … Dann hat losgemacht Pferde – sind gelaufen durch ganzes Dorf – viel, viel Staub! Indianer können weglaufen!«

»Nein, so was!«, brummte Ann. »Und ich hatte Chee doch noch gesagt, er solle vorsichtig sein!«

Und an Nah-lin gewandt, fragte sie: »Er ist doch nicht etwa verwundet? Hoffentlich ist ihm nichts passiert! Wo ist er denn jetzt?«

Nah-lin schüttelte sich das Haar aus dem Gesicht.

»Chee nicht hat wollen weg mit Nah-lin … Chee noch bleibt kämpfen!«

»Oh mein Gott!«, stöhnte Ann.

»Chee hat gerettet Nah-lin«, sagte das Indianermädchen noch, »aber Nah-lin so unglücklich … ganz allein jetzt … Großmutter tot …« Nah-lins Stimme zitterte.

»Arme Nah-lin!«, rief Ann voller Mitleid.

»Nah-lin will auch sterben!«, sagte die Indianerin ganz leise und schlug die Hände vors Gesicht.

Ann schwieg.

»Nah-lin will tot sein«, redete das Mädchen weiter. »Was hat Nah-lin noch im Leben? Nah-lin hat geliebt Chee schon lange, so lange! Nah-lin hat gedacht, sie wird Squaw von Chee eines Tages und wird sein so glücklich! Aber du gekommen und weggenommen Chee von Nah-lin ... Chee kommt nie wieder zu Nah-lin ...«

Sie wandte sich ab.

»Du nicht kann verstehen ...«

»Ich verstehe dich gut!«, rief Ann und ergriff Nah-lins Arm. »Du hast ja so recht ...«

Gedankenverloren begann sie, mit den Fingern Muster in den staubigen Boden zu zeichnen.

»Ich muss Chee in ein paar Tagen verlassen«, sagte sie schließlich ruhig.

Nah-lin fuhr auf. »Warum?«

»Warum? Du fragst mich, warum. Nun, weil ich nie, verstehst du: *nie* im Leben, Chees Frau werden kann. Weil er niemals Ja sagen wird. Weil seine Mutter Indianerin ist, weil – weil –, ach, Nah-lin, das kannst du ja alles nicht verstehen!«

»Nein«, sagte Nah-lin kopfschüttelnd, »Nah-lin nicht kann verstehen. Du also nicht liebst Chee?«

Ann antwortete nicht; traurig winkte sie ab. Wozu sollte sie der anderen ihr Leid, ihre Not, all den Aufruhr ihres Herzens auseinanderlegen, was konnte das nützen? Sie seufzte tief.

»Chee weiß selbst, dass wir uns trennen müssen. Er hat gesagt, er werde mich nie vergessen können ... er werde sein ganzes Leben an mich denken. Aber ich will nicht, dass er sein Leben lang unglücklich ist; er ist's bis jetzt schon genug gewesen ... Ich werde ihn bitten, dass er dich zur Frau nimmt«, setzte sie ganz leise hinzu.

Nah-lin sah sie verdutzt an.

»Aber«, murmelte sie schließlich, »Chee nicht liebt Nah-lin ... Nah-lin weiß es ...«

»Unsinn!«, entgegnete Ann. »Unsinn! Er hat dich gern, das weiß ich. Und er kommt wieder zu dir, wenn ich erst einmal fort bin von hier. Hör zu, Nah-lin, ich will ganz offen mit dir sprechen. Eines ist sicher: Wenn wir beide Feindinnen bleiben, wird Chee dich nie wieder lieb haben können. Und deshalb *müssen* wir uns einfach vertragen. Ich will Frieden mit dir, hörst du! Nicht weil ich nicht mehr eifersüchtig wäre, solch ein Engel bin ich nicht! Aber Chee soll Ruhe finden und glücklich werden, das kann er nur mit dir!«

Anns Selbstbeherrschung war plötzlich dahin, sie brach in Tränen aus. Nah-lin hatte ihren Wortschwall über sich ergehen lassen, ohne sich zu rühren, ohne ihn eigentlich überhaupt zu verstehen, stumm und starr vor Staunen. Nur das eine hatte sie begriffen: Ann wünschte, dass sie, Nah-lin, Chees Frau werde!

Anns Begründungen waren der Indianerin unbegreiflich. Wie konnte ein Mädchen zugunsten einer anderen auf den Mann verzichten, den sie lieb hatte? Aber trotz allem, eines verstand Nah-lin: Hinter den hastig hervorgesprudelten, hart klingenden Worten des weißen Mädchens verbarg sich eine Verzweiflung, die nicht geringer war als ihre eigene.

Warum die Weiße so handelte? Sie wusste es nicht; sie verzichtete darauf, hier überhaupt etwas zu begreifen. Sie blickte auf das Mädchen nieder, das da vor ihr kniete und schluchzte. Unwillkürlich strich sie ihr über das blonde Haar.

»Weißes Mädchen ist sehr lieb«, sagte sie leise.

Da streckte Ann Nah-lin ihre offene Hand entgegen.

»Wollen wir Freundinnen werden – wir beide?«

Ein zartes Lächeln huschte über das braune Gesicht. Nah-lin schlug ein.

»Ja, Freundinnen.«

An einer zerklüfteten Stelle in den Felsen hielt sich eine Gruppe von Frauen und Kindern verborgen; bang lauschten sie auf den Gefechtslärm.

Nona war da, Tontos Mutter mit ihren Kindern und ihre Schwester Lestaté mit zwei noch sehr kleinen Mädchen. Gleich beim ersten Alarmruf waren sie geflohen, hatten aber, vor Angst wie gelähmt, die Höhlenverstecke nicht mehr erreicht, sondern sich in den Felsklippen verborgen; von hier aus konnten sie das Tal überblicken.

Nona, ein Bündel Decken über der Schulter, stand da und schaute auf das Dorf hinab. Weißlicher Pulverdampf kräuselte sich in Spiralen gen Himmel.

Nona horchte auf das Krachen der Schüsse. Warum musste immer gekämpft werden, warum nur? Konnten die Weißen nicht mit den Indianern in Frieden leben? Warum blieben die Soldaten nicht in ihren fernen Städten und ließen die Apachen, Söhne der Freiheit und der Natur, in ihrem Lande unbehelligt?

Nona seufzte tief. Ach, warum bloß hatte ihr Stamm mit Cochise und seinen Chiricahuas zusammengehen müssen?

Seit je hatten die White-Mountain-Apachen ruhig und friedlich in ihren grauen Felsenbergen und ihren Kiefern- und Birkenwäldern gelebt. Aber nun führten die Chiricahuas seit ein paar Jahren wieder Krieg – und die White Mountains waren in die Streitigkeiten mit hineingezogen worden.

Nonas Gedanken schweiften in die Vergangenheit zurück. Sie sah sich wieder als junges Mädchen, wie sie in der Stadt der Weißen herumirrte. Es war Abend, die Straßen waren schwarz von Menschen. Lachen, Singen und Gitarrenklänge dröhnten aus den hell erleuchteten Bars. Sie sah sich wieder, angelockt durch die Helligkeit, ihr glühendes Gesicht an die kühle Fensterscheibe eines dieser Lokale pressen.

Plötzlich entdeckte sie einer der Gäste in der Bar, als er zufällig zum Fenster schaute. Er kam heraus und redete sie in der Apachensprache an und sie fasste sogleich Vertrauen zu ihm.

Auf diese Weise lernte sie damals Patrick Williams, den Mann mit den goldenen Augen, kennen und lieben …

Nona strich sich über die Stirn. Noch immer wurde geschossen. Das kleinste Töchterchen von Lestaté wimmerte ängstlich. Die junge Frau wiegte es auf den Knien, um es zu beruhigen. Tonto kauerte an einem Felsen, machte ein finsteres Gesicht und spielte mit seinem kleinen Messer.

Nona schloss die Augen und versank wieder in ihr Träumen. Sie sah sich bei ihrer Hochzeit, sah sich in Patricks Ranch einziehen. Sie erinnerte sich, mit welcher Verachtung die Leute sie auf der Straße gemustert, wie sie hinter ihr hergeflüstert hatten. Sie lächelte, als sie an die Kleider dachte, die Patrick ihr geschenkt hatte; die enge Taille hatte ihr den Leib geschnürt, die vielen Volants jede Bewegung behindert. Aber auch daran hatte sie sich mit der Zeit gewöhnt.

Schließlich dachte sie an Chees Geburt, an seine ersten Schultage. Anfangs hatten die weißen Kinder ihn verachtet und geprügelt und oft genug war er voller Schrammen oder mit einem blauen Auge heimgekommen. So wütend war er dann, dass er schwor, die Schule nie wieder zu betreten! Und am nächsten Morgen ging er dann doch. Ja und schließlich gewöhnten sich die anderen Kinder an ihn und ließen ihn sogar mitspielen ...

So wuchs Chee heran, ein schweigsamer, verschlossener Junge mit seinen merkwürdigen goldenen Augen ...

Nona schüttelte den Kopf. Nein, selbst jetzt, da ihr Stamm von Weißen angegriffen wurde, konnte sie diese nicht hassen. Manches hatte sie durch sie erleiden müssen, aber sie erlebte bei ihnen auch glückliche Stunden. Sie hatte erkannt, dass es unter ihnen – genau wie unter den Indianern – gute und schlechte Menschen gab …

Ihre Gedanken wanderten zu Ann. Ein sonderbares Mädchen! Sie führte manchmal Reden, die kindisch, oft auch beinahe frech klangen – und dabei waren ihre Augen voller Traurigkeit und ein Zug von Schwermut lag auf ihrem Gesicht. Sie hatte Kummer, das war sicher. Mit dem Feingefühl der mütterlichen Frau spürte Nona, dass dieses burschikose Gebaren nur eine Maske war, hinter der sich des Mädchens wirkliche Gefühle verbargen. Nona hatte Ann beobachtet, wenn sie mit Chee zusammen war. Da konnte sie zartfühlend und fraulich sein, anmutig und von besonderem Liebreiz, obwohl sie ja nicht eigentlich schön war. Aber man konnte ihr einfach nicht widerstehen …

Jäh wurde Nona in die Wirklichkeit zurückgerissen: Geschrei und donnerndes Poltern von Hufen dröhnte herauf.

Von ihrem Aussichtspunkt aus konnten die drei Frauen sehen, wie sich die Wildpferde zwischen den Felsen zerstreuten, während das Schießen näher kam. Hier und da sah Nona die blauen Uniformen einzelner Soldaten zwischen den Felsen aufleuchten. Sie ließ die Decken fallen und trat einen Schritt vor. Der kleine Tonto sprang auf die Füße, kam zu ihr und hockte sich neben ihr nieder. Gemeinsam beobachteten sie das Gefecht. Der scharfe Pulverqualm zog bis zu ihnen herauf, sodass er sie im Halse kratzte. Eins der kleinen Mädchen fing an zu weinen.

Sekundenlang schloss Nona die Augen und ihre Fäuste ballten sich so fest, dass ihr die Nägel in die Handflächen schnitten. Ob die anderen Frauen und Kinder wohl noch davonkommen würden? Und Chee? Was mochte er in diesem Augenblick tun? Kämpfte er auf Seiten der Chiricahuas? Und das weiße Mädchen? Hatte sie fliehen können? So viele Fragen, auf die es jetzt keine Antwort gab!

Für kurze Augenblicke konnte sie Frauen sehen – sie erkannte sie an den weiten bunten Röcken –, die Seite an Seite mit den Kriegern am Kampf teilnahmen.

»Ich will auch mitkämpfen!«, sagte Tonto plötzlich.

Nona fuhr herum.

»Schweig, dummer Junge! Möchtest du gern da unten dein Blut fließen sehen?«

»Später, wenn ich einmal ein großer Krieger bin, dann kämpfe ich für die White-Mountain-Apachen und für die Chiricahuas!«

»Ja«, rief Nona freundlicher, »wenn du groß bist! Ach, ich hoffe, bis dahin wird endlich Friede sein auf dieser Erde …«

Plötzlich hörten sie leichte Schritte hinter sich. Die drei Frauen fuhren herum.

»Nah-lin! Ann!«, rief Nona überrascht.

Die beiden Mädchen hatten sich mit Nachise durch die Felsen zu den Frauen heraufgeschlichen.

Nona vergaß das Gefecht unten im Tal und blickte Nah-lin und Ann nacheinander erstaunt an. Sie machte große Augen: Wie hatten diese beiden erbitterten Feindinnen auf einmal zusammengefunden?

Ann bemerkte ihren Blick, lächelte fröhlich und legte den Arm um Nah-lin.

»Siehst du, Nona«, sagte sie, »nun haben wir Frieden gemacht.«

Nonas Gesicht erstrahlte für einen Augenblick in hellem Lächeln – dann aber streckte sie die Hand gegen das Tal aus und seufzte tief.

»Wir können nur hoffen, dass auch die dort eines Tages Frieden schließen werden!«

Im selben Augenblick pfiff eine Kugel heran und schlug dicht neben ihr ein. Sofort warf Nona sich flach hin und riss die Kinder und die beiden Mädchen mit herunter.

»Jetzt haben sie uns entdeckt!«, flüsterte sie.

In den Klippen versteckt lagen zwei Soldaten und durchforschten mit Ferngläsern die felsigen Hänge. Plötzlich entdeckte einer Nonas rotes Kleid, das sich deutlich von den hellen Felsen abhob. Er legte an und schoss. Der rote Fleck verschwand. Der Soldat setzte das Gewehr ab und drehte sich nach seinem Kameraden um.

»Was meinst du, Jim, wenn wir da mal nachsehen würden – ich hab das Gefühl, da gäb's was zu tun für uns!«

Der andere blickte über das Tal und die dort Kämpfenden hin.

»Magst recht haben. Übrigens rückt uns das Gefecht langsam auf den Pelz ... Da scheint es mir besser, hier zu verschwinden ... Natürlich nur im Sinne unseres Auftrages!«, setzte er grinsend hinzu.

Sie standen auf. Ein lautes »Pssst!« ließ sie herumfahren. Drei andere Soldaten winkten ihnen, kamen über ein Stück freies Feld gelaufen und hockten sich neben sie.

»Hallo! Wer kommt denn da! Tony, Joe und Bill! So eine Überraschung!«, rief Jim und schlug dem zuletzt Genannten auf die Schulter. Dann rief er seinem Kameraden zu: »Du, Hoggins, mach du den Späher und behalte das rote Hemd da oben im Auge!«

Hoggins lachte nur und klopfte auf seine Büchse.

Jim wandte sich wieder den drei anderen zu: »Also auch auf Patrouille abkommandiert?«

Joe grinste hämisch.

»Ja – Glück gehabt! Wenn ich diese Bande von Tobsüchtigen da unten ansehe …! Das nenne ich mal einen gemütlichen Krieg!«

Die Soldaten lachten. Nur Bill blieb ernst.

Jim pfiff durch die Zähne.

»Ich wette mein Gewehr: In einer Viertelstunde muss Brown zum Rückzug blasen lassen! – Wisst ihr übrigens, dass Wells, der feige Hund mit der Boxernase, mit ins Gefecht musste? Machte der ein Gesicht, als Brown vergaß, ihn mit auf Patrouille zu schicken!«

Wieder Gelächter.

»Hört mal, uns ist da eben was Tolles passiert«, sagte Tony auf einmal. »Stellt euch vor: Entdecken wir da zwischen den Felsen zwei Apachenjungen. Wir schießen ihnen den Gaul ab, sie purzeln, stehen aber wieder auf und türmen. Wir hinterher. Schließlich hatten wir sie schön in der Falle, hätten sie beinahe erwischt – da schreit auf einmal irgendwo von der Klippe eine Frauenstimme, wir wären feige Schufte!«

»Was?«

»Das ist noch nicht alles! Wir natürlich nicht mehr auf die Knirpse geachtet, sondern geguckt, wo das Weibsbild steckt. Sie lässt sich nicht sehen, wirft uns aber noch mehr Schimpfworte an den Kopf, von wegen: Schämen sollten wir uns, und so! Und wie wir noch dastehen wie die Halbidioten, da gehen uns die Jungen durch die Lappen. Und dieses Geisterweib lacht uns aus und ist dann still. Na, wir natürlich hin und gesucht – aber es war keine Menschenseele zu finden!«

»Geträumt habt ihr!«, knurrte Hoggins, ohne die Felswand aus den Augen zu lassen. »Ah – jetzt aber!« Er legte an und schoss.

»Verdammt! Wieder daneben!«

Jim schlug ihm auf die Schulter.

»Lass nur! Wir klettern schnell mal da rauf! Kommt ihr mit, ihr anderen?«

»Was? Habt ihr noch nicht genug?«, protestierte Bill, der bis jetzt noch kein Wort gesagt hatte.

Jim drehte sich nach ihm um.

»Herr Soldat, wenn's Ihnen nicht passt, dann machen Sie sich's hier gemütlich und schlafen Sie gut! Die anderen – mir nach!«

Die Frauen sahen die blauen Uniformen unaufhaltsam gegen ihr Versteck heranrücken. Ann bebte vor Zorn.

»Wie schade, dass ich Tahzay meinen Revolver gegeben habe!«

»Nah-lin hat Messer!«, erklärte Nah-lin und zog es heraus.

»Das wird uns nicht viel helfen!«

Tontos Mutter kauerte hinter einem Felsblock und drückte ihre Kinder an sich, Nachise hockte bei Nona und blickte, das Kinn in die Hand gestützt, ängstlich um sich.

Nona war bleich, ihre Lippen zitterten. Die Soldaten kamen langsam den Hang herauf, froh, dass diese »Feinde« sich nicht verteidigten – trotzdem achteten sie sorgsam auf Deckung.

»Ich fürchte, wir sind verloren«, murmelte Nona.

»Ja, aber …«, wollte Ann mit gerunzelter Stirn einwenden.

»Ich höre nicht mehr Gewehr der tausend Schüsse«, sagte Nah-lin. »Vielleicht Chee tot?«

»Sei still!«, rief Ann. Nona schrie leise auf.

»Chee? Also hat er mit dieser furchtbaren Waffe geschossen? Warum hat er das nur getan?«

Ann wandte sich zu ihr: »Um uns zu retten, Nona. Und ich selber habe ihn dazu ermuntert.«

»Ann!«, sagte Nona. Sie blickte das Mädchen an, das die Soldaten nicht aus den Augen ließ und um den Mund einen Zug wilder Entschlossenheit trug.

Nah-lin lag mit dem Gesicht zum Boden, ihre Augen waren geschlossen.

»Nah-lin! Mut!«, rief Ann ihr zu.

Das Indianermädchen schüttelte den Kopf.

»Chee gewiss tot ... Großmutter tot ... Nah-lin nicht will bleiben allein ... Nah-lin auch will tot sein!«

»Nah-lin! Rede keinen Unsinn!«, sagte Ann – mehr um sich selber Mut zu machen. »Du weißt doch, wie klug und gewandt Chee ist. Vielleicht ist ihm nur die Munition ausgegangen.«

»Chee ist tot!«, wiederholte Nah-lin eigensinnig.

»Oh, ich verliere noch den Verstand!«, stöhnte Ann.

Sie wandte den Kopf und blickte auf die beiden Frauen und ihre Kinder, die blass und ängstlich dreinschauten, auf Nachise, den Häuptlingssohn, auf Nona, Chees Mutter (ach, Chee!): Sie konnte sie doch nicht einfach so hinmetzeln lassen! Das durfte nicht sein!

Sie sah die Soldaten immer näher kommen, in Geländefalten verschwinden und wieder auftauchen. Im Tal tobte noch immer der Kampf.

Jäh richtete Ann sich auf den Knien auf.

»Nona – Nah-lin!«, rief sie. »Ich halte sie auf – macht ihr, dass ihr in Sicherheit kommt!«

»Ann! Lass die Finger davon!«, drängte Nona ängstlich.

»Es ist die einzige Möglichkeit, Nona!«

»Ich verbiete es dir in Chees Namen!«

Ann lächelte traurig.

»Chee will bestimmt nicht, dass ich zusehe, wie ihr hier alle umgebracht werdet, dass ich nicht wenigstens den Versuch mache, es zu verhindern. Die Chancen stehen nicht gut, ich weiß es. – Aber wir müssen hier heraus, um jeden Preis!«

»Ann!«, flehte Nona noch einmal.

Das Mädchen schüttelte den Kopf.

»Ich gehe jetzt und überliste sie – diese Schurken! Lass mich nur, Nona!«

Und zu Nah-lin, die den Kopf gehoben hatte und sie ansah, sagte sie ernst: »Wenn ich nicht mehr zurückkomme, dann sag Chee – falls du ihn wiedersiehst –, dass ich ihn immer lieb habe ...«

Nah-lin nickte schweigend.

Einen Augenblick kniete Ann noch mit gesenktem Kopf und gefalteten Händen, dann presste sie die Lippen zusammen und stand mit einem Ruck auf. Von Stein zu Stein springend, lief sie ohne Hast auf die Soldaten zu. Diese blieben stehen, starr vor Staunen.

»Aber da-da-das ist ja *doch* eine Weiße!«, schrie Bill, der trotz seiner Bedenken den anderen gefolgt war.

»Kneif mich mal, Hoggins«, bat Tony. »Ei, ist das ein hübsches Kind!«, sagte er dann und schnippte mit den Fingern.

Jim war für gewöhnlich nicht auf den Mund gefallen, aber jetzt brachte er kein Wort heraus. Aufmerksam betrachtete er das Mädchen vom Kopf bis zu den Füßen.

Ann war ein paar Schritte vor ihnen stehen geblieben. Sie stemmte die Hände in die Seiten und zog ein hochmütiges Gesicht.

»Meinen Gruß den Helden!«, sagte sie nach einer Weile eisig.

»Wa-was machen Sie denn hier?«, fragte Hoggins, als er sich etwas gefasst hatte.

»Ich denke, dass ich soeben im Begriff bin, mich mit

Ihnen in ein Gespräch einzulassen!«, versetzte Ann; der Zorn machte ihr die Zunge spitz.

»Sagen Sie, wollen Sie sich vielleicht über uns lustig machen?«, schrie Hoggins.

»Klar, das ist meine Absicht!«

Hoggins sah sie verblüfft an, machte den Mund auf, klappte ihn hörbar wieder zu und brach plötzlich in ein irres, glucksendes Lachen aus.

»Sie scheinen mir hier gemütlich spazieren zu gehen – während Ihre Kameraden mitten im Gefecht stehen!«, spottete Ann.

Da stieg in Tony ein Verdacht auf.

»Waren Sie das etwa, die da vorhin herumgeschimpft hat?«, fragte er.

Ann zog ein belustigtes Gesicht.

»Aber natürlich!«, rief sie. »Und Sie wissen wohl gar nicht, wer Ihnen entwischt ist?«

»Keine Ahnung!«

»Nun, ich sag's Ihnen gerne: die beiden Söhne von Cochise höchstpersönlich!«

»Verdammt!«, brüllte Tony. »Verflucht und zugenäht! Und daran sind Sie schuld!«

Rasend vor Wut sprang er auf Ann los und schüttelte sie hin und her.

»Sämtliche Knochen zerbrech ich Ihnen!«

»Nur zu, lassen Sie sich nicht stören!«, keuchte das Mädchen. Sie hatte nur den einen Gedanken: Zeit gewinnen, damit die Indianerfrauen fliehen konnten!

Plötzlich ließ Tony sie los. Er kniff die Lippen zusammen.

»Ein schreckliches Mädchen sind Sie!«, schnaubte er.

»Oh, ich finde sie eher hübsch!«, rief Joe.

Ann wandte sich ihm zu: »Ach, wirklich? Finden Sie? Nur interessiert mich das leider gar nicht!«

Sie hob das Kinn und sah einen nach dem anderen herausfordernd an.

»Wie kommen Sie denn hierher zu den Wilden?«, erkundigte sich Hoggins, der wieder zu sich gekommen war.

»Nun, ich kam hier den Berg herabspaziert – ja und da bin ich eben«, erwiderte Ann.

»Teufel! Die Zunge sollte man Ihnen herausreißen!«, brauste Tony auf.

Ann änderte nun ihre Taktik: Sie trat vor Bill hin und lächelte ihn an.

»Sie, ja, Sie sind wirklich ein tapferer Soldat!«, sagte sie.

»Meinen Sie?«, brachte Bill errötend heraus.

Plötzlich mischte sich Jim ein; er hatte bisher noch kein Wort gesprochen, sondern das Mädchen nur aufmerksam gemustert.

»Sie heißen Annette Morrison!«, sagte er eiskalt.

Ann fuhr herum. Sie sah Jim scharf an, ihr wurde plötzlich klar, dass dieser große, breite Mann mit der niedrigen Stirn und den kalten Augen ihr sehr gefährlich werden konnte.

»Sie irren sich, mein Bester«, sagte sie keck. »Ich heiße Sally Evans und ...«

»Sie sind Annette Morrison!«, wiederholte Jim überzeugt.

»Aber ich…«, fing Ann wieder an.

Jim trat auf sie zu.

»Sie möchten wohl gern wissen, woher ich Ihren Namen kenne, he? Ich will's Ihnen sagen: Ich komme geradewegs von Mesilla. Dort kennt alle Welt Ihre Geschichte. Ihre Tante, Miss Morrison, hat nämlich Plakate drucken lassen mit Ihrer Beschreibung und Ihrem Bild… Hundert Dollar Belohnung hat sie ausgesetzt für den, der Sie zurückbringt. An jeder Mauer klebt Ihr Steckbrief, Annette Morrison!«

Ann stieß einen erstickten Schrei aus.

»Das stimmt nicht! Ich – ich – ich bin nicht…«

»Versuchen Sie nicht, es zu leugnen!«

Er brach ab. Ein Hornsignal übertönte mit hellen Klängen das Geschrei der Kämpfenden und das Krachen der Schüsse.

»Rückzug!«, brummte Bill.

Auf einmal fiel den Soldaten ihr Vorhaben wieder ein; sie schauten zu den Felsen hinauf. Ann folgte ihren Blicken. Die Stelle war leer. Anns Herz tat einen Freudensprung: Ihre List war geglückt!

Aber dann dachte sie plötzlich an Chee und eine sinnlose Wut überkam sie. Sie schrie die Soldaten an: »Schufte seid ihr, Feiglinge, ohne Hirn und Verstand!«

Wie irr blickte sie die Soldaten an, dann verlor sie völlig die Beherrschung; sie schlug die Hände vors Gesicht und brach in krampfhaftes Schluchzen aus.

»Ich hasse euch! Ich hasse euch!«, schrie sie immer wieder.

Die Soldaten standen verlegen, mit hängenden Armen, und starrten sie an.

»Die ist übergeschnappt«, meinte schließlich Joe.

Ann war gegen einen Felsen gesunken; das Weinen schüttelte ihre schmalen Schultern.

Tony zuckte die Achseln.

»Kommt, Leute, es wurde zum Rückzug geblasen!«

»Ja, lasst sie in Frieden. Ihr seht ja, sie hat den Verstand verloren!«, antwortete Joe.

»Einen Augenblick!«, donnerte Jim. Er trat auf Ann zu, packte sie bei den Schultern, sodass sie ihm ihr tränenüberströmtes Gesicht zuwenden musste.

»Annette Morrison! Hundert Dollar sind ausgesetzt für den, der Sie zurückbringt – Sie kommen mit mir!«

»Niemals!«, schrie Ann verzweifelt.

Mit plötzlichem Ruck wollte sie sich losreißen und ihm entschlüpfen – aber Jim packte sie fester und drehte ihr den Arm auf den Rücken.

Der Schmerz ließ sie aufschreien.

»Hilfe! Sie Rohling!«

Wortlos hob er sie hoch, nahm sie über die Schulter und trat zu den übrigen Soldaten, die stumm zugesehen hatten.

DER RÜCKZUG

In dem allgemeinen Durcheinander gelang es auch Chee, die Felsenhänge zu erreichen. Pulverdampf und Staub nahmen ihm den Atem und brachten ihn zum Husten.

Vom Beginn des Gefechtes an hatte er das Gefühl gehabt, einen furchtbaren Albtraum zu erleben. Alles, was er tat, geschah nur noch mechanisch, als wären Verstand und Bewusstsein ausgeschaltet. Aber jetzt war er am Ende seiner Kräfte; er hatte einen solchen Grad der Erschöpfung erreicht, dass er nur noch einen Wunsch fühlte: sich einfach hinfallen zu lassen und nie wieder aufzustehen. Er musste all seine Willenskraft aufbieten, um diesem Wunsch nicht nachzugeben.

Wo mochte Ann jetzt sein? In Sicherheit? Wie unvorsichtig, sie allein dort in den Felsen zu lassen! War er denn von Sinnen gewesen?

Er musste sie suchen – musste sie finden, um jeden Preis!

Dieser Gedanke war stärker als seine Erschöpfung. Langsam stützte er sich an den Steinen auf und schaute über das Kampffeld hin.

Die Soldaten waren unschlüssig, was sie weiter tun sollten. Alles stand jetzt zu ihren Ungunsten: Die Indianer saßen wohlversteckt an Stellen, die nur sie kannten, und überschütteten die »Blauen« mit mörderischem Gewehrfeuer und einem Hagel von Pfeilen. Nur wenige Soldaten wollten sich nicht geschlagen geben und hielten noch hartnäckig stand.

Chee wandte dem Gefecht den Rücken und wollte gehen – da tauchte plötzlich eine schlanke Gestalt vor ihm auf.

»Tahzay!«, stieß Chee leise hervor.

Der Häuptlingssohn trat dicht an Chee heran. Besorgt blickten seine schwarzen Augen in das verzerrte Gesicht des Freundes.

»Bist du verwundet?«

Chee griff sich an die Stirn.

»Ach, ich weiß es selber nicht. Ich weiß überhaupt nicht, was mit mir los ist: Alles dreht sich um mich, ganz seltsam ist mir zumute... Ich war bis jetzt im Kampf – aber nun kann ich nicht mehr!«

»Du bist völlig ausgepumpt«, sagte Tahzay und dann lächelte er: »Deine weiße Freundin hat uns das Leben gerettet, Nachise und mir.«

»Was!«, rief Chee überrascht.

»Ja – ich erzähl's dir gleich.«

Einen Augenblick standen sie schweigend und lauschten auf den Lärm des Gefechtes. Plötzlich erklang in der Ferne ein Hornsignal.

»Rückzug!«, rief Chee. Jäh drehte er sich um und packte Tahzay bei beiden Schultern: »Junge! Wir sind gerettet! Sie ziehen ab!«

»Du meinst, sie geben auf?«

Chee nickte.

Da tat Tahzay einen Jubelschrei und schwang den Revolver hoch in die Luft: »Sieg!«

»Ja, du hast recht: Sieg«, sagte Chee leise. »Aber – um welchen Preis!«

Plötzlich tauchte wie ein Kobold ein kleiner Junge aus einer Staubwolke auf, hielt kurz inne, als er die beiden sah, klappte ein paar Mal die Augen auf und zu und rannte mit einem Freudenruf zu ihnen. Es war Tonto.

»Was willst du denn hier? Hier ist kein Platz für Kinder!«, rief Chee streng.

Tonto konnte nur keuchen; er war völlig außer Atem. Endlich bekam er wieder ein bisschen Luft.

»Das weiße Mädchen…«, stieß er hervor und sah Chee mit angstvollen Augen an.

Der erschrak. Er beugte sich über Tonto und packte ihn bei den Schultern.

»Rede, schnell!«

»Sie kam mit Nah-lin – in unser Versteck – Soldaten kamen – wollten uns totschießen – da hat sie mit ihnen gesprochen – wir konnten fliehen… Aber ich bin heimlich – zurückgeblieben – und da – hab ich gesehen – wie die Soldaten das weiße Mädchen geschlagen haben – und dann haben sie – sie mitgenommen… Da bin ich gelaufen und hab dich gesucht…« Atemlos hielt er inne.

Chee ließ den Jungen los und rief Tahzay zu: »Los, wir müssen ihr helfen!«

Noch einmal packte er Tonto heftig am Arm: »Wo war das? Sag's schnell!«

Der Junge deutete nach Osten.

Es war einer der schlimmsten Augenblicke im Leben des Sergeants Terence Brown, als er den Befehl zum Rückzug geben musste. Nicht dass er hier seine erste Niederlage eingesteckt hätte; aber von höchstens zwanzig Kriegern und einer Handvoll Frauen und Halbwüchsigen geschlagen zu werden, war alles andere als ehrenvoll! Er dachte an die Gewissensbisse, die ihn beim Anmarsch gequält hatten. Wer hätte gedacht, dass sich das Kriegsgeschick so gegen ihn wenden könnte. Diese Indianer waren wirklich die reinsten Teufel!

Während die Soldaten – viele von ihnen verwundet und alle erschöpft von diesen Stunden des Kampfes – auf ihre Pferde stiegen, schaute Terence Brown mit steinernem Gesicht über dieses harte, raue Land hin, das kein Erbarmen kannte und ihm seine besten Männer geraubt hatte. Eiskalte Wut auf seine Vorgesetzten packte ihn. Die saßen weit vom Schuss im sicheren Phoenix oder Tucson und gaben ihre Befehle; aber über die Mentalität der Indianer und über das, was die Soldaten leisten konnten, machte sich keiner Gedanken! Und er, als gehorsamer Hampelmann, führte diese Befehle aus und jagte eine ganze Abteilung ins Verderben!

Er hob den Kopf und blickte über seine Männer hin, die vor Erschöpfung schwer in den Sätteln hingen.

Die Indianer hatten das Feuer eingestellt; sie beobachteten den Abzug der Feinde von ihren Felslöchern aus. Auch sie hatten schwere Verluste erlitten und waren froh, dass die Amerikaner das Feld räumten. An eine Verfolgung dachten sie nicht. Aber Terence Brown war sich darüber klar, dass Cochise diese erneute Kränkung auf keinen Fall so hinnehmen würde: Dies hier waren noch nicht die letzten Opfer …

Er schaute sich um. Die Soldaten schienen marschfertig zu sein. Der Korporal setzte das Horn an und die metallischen Klänge des Signals durchschnitten die staubige Luft, die unter den Strahlen der Abendsonne flimmerte.

»Abteilung – marsch!«, kommandierte Terence mit rauer Stimme.

Die Pferde setzten sich in Trab und zogen an ihm vorüber.

»Los! Wir müssen uns beeilen!«

Die Soldaten der beiden Streiftrupps liefen zu ihren Pferden, die ein Stück abseits im Schatten einer Felswand angebunden standen. Jim keuchte bereits unter Anns Gewicht und hielt nur mühsam mit den anderen Schritt.

Plötzlich stieß er einen Fluch aus und warf Ann von seiner Schulter, dass sie zu Boden stürzte.

»Schließlich haben Sie ja selber Beine, oder? Also marsch und ein bisschen fix!«

Ann hielt sich zähneknirschend an den Steinen fest.

»Keinen einzigen Schritt tue ich!«

»Das wollen wir doch mal sehen!«

Jim bückte sich, packte sie am Arm und riss sie auf die Knie. »Los! Auf!«

»Nein!«

Da packte er das Mädchen bei den Schultern und stellte sie mit Gewalt auf die Füße; dann fasste er ihr Handgelenk und zerrte sie mit sich zu den Pferden hin. Aber sie strauchelte und stürzte auf die Knie.

»Beeil dich, Jim!«, rief Hoggins, während er die Pferde losband.

»Ach, halt doch dein Maul!«, schrie Jim. »Kümmert euch um eure eigenen Angelegenheiten!«

»Hör mal«, schrie Tony, schon im Sattel, »unsere Abteilung ist schon weit; ich glaub, es ist besser, wir machen, dass wir sie einholen! Wenn die Wilden uns hier finden, übernehm ich keine Garantie für unsere Knochen!«

»Jim«, setzte Joe hinzu, »so lass doch das Mädchen laufen und komm endlich! Übrigens, Terence Brown wird nicht gerade erfreut sein, wenn du mit der da ankommst!«

»Ist mir völlig gleichgültig«, meinte Jim, »auf gar keinen Fall lass ich mir die Dollars so einfach durch die Lappen gehen!«

»Dein eigenes Risiko!«, lachte Joe. »Ich mache, dass ich fortkomme.« Er wandte sich den Übrigen zu. »Kommt ihr mit?« Und ohne eine Antwort abzuwarten, spornte er sein Pferd zum Galopp.

Tony folgte achselzuckend, Bill und Hoggins zögerten einen Augenblick, doch dann galoppierten sie hinterher.

Jim riss Ann hoch und stieß sie vor sich her auf sein Pferd zu.

»Los, rauf auf den Gaul!«, schrie er.

»Nein!«, schrie Ann zurück. Sie boxte ihn in die Rippen und riss sich los; ein paar Schritte rannte sie, aber ihre Kräfte reichten nicht mehr; sie brach zusammen.

Jim rannte ihr nach und hob sie auf seine Arme. Von seinen Kameraden war schon nichts mehr zu sehen. Ann schrie, schlug und trat um sich – er kümmerte sich nicht darum, trug sie zu seinem Pferd, warf sie hinauf und sprang hinter ihr in den Sattel.

»Siehst du wohl!«, triumphierte er.

Aus dem blassen Gesicht funkelten ihn ihre Augen an. »Feigling!«, stieß sie hervor.

Ungerührt spornte Jim sein Pferd und ritt los.

Da krachte ein Schuss zwischen den Felsen hervor.

In den Kopf getroffen, stürzte der Soldat aus dem Sattel und schlug schwer auf den Boden.

Das Pferd machte mit erschrockenem Wiehern ein paar Sätze vorwärts. Ann geriet ins Rutschen, suchte verzweifelt nach einem Halt, schrie entsetzt auf und stürzte zu Boden. Hart schlug ihr Kopf gegen einen Stein. Sie versank ins Nichts.

Das Pferd lief noch ein Stück und blieb dann stehen.

Tahzay trat hinter den Felsen hervor, den Revolver noch in der Hand. Chee folgte ihm, er keuchte vom schnellen Lauf.

Finster blickte Cochises Sohn auf den Toten.

»Ich habe wie ein Feigling gehandelt«, sagte er. »Ich habe ihn von hinten niedergeschossen, ich, ein Häuptlingssohn … Aber ich konnte ihn doch nicht einfach entkommen lassen, Chee … Und nun bin ich entehrt!«

Chee sah den Knaben gerührt an.

»Es geschieht oft, Tahzay, dass man anders handeln muss, als man eigentlich möchte; die Ereignisse lassen einem keine Wahl … Nein, Tahzay! Du bist nicht entehrt! Ich sage dir's noch einmal: Du wirst ein großer Häuptling, Tahzay!«

Der Knabe hob den Kopf.

»Aber dann – dann will ich dafür sorgen, dass mein Volk endlich Frieden findet!«

Anerkennend schlug Chee ihm auf die Schulter.

Plötzlich fiel sein Blick auf Anns schlanke Gestalt, die ein paar Schritte abseits zwischen den Steinen lag. Mit einem Schreckensruf rannte er hin und hob ihren Kopf. Ein dünner Streifen Blut sickerte von ihrer Stirn über die Wange.

Tahzay kniete neben ihm.

»Sie ist vom Pferd gestürzt – ich habe es gesehen«, sagte er.

Chee wischte das Blut ab.

»Wir müssen sofort für sie sorgen!«, rief er und blickte Tahzay an. »Bitte, hol das Pferd des Soldaten; wir bringen sie ins Dorf. Mach schnell!«

DIE TROMMEL DES TODES

Ann lag in Nonas Hütte. Sie hielt sich die Ohren zu; sie konnte den Trauergesang der Frauen und das dumpfe Dröhnen der Trommeln nicht mehr hören, das durch die ganze Ansiedlung schallte.

Vor Stunden schon war es Nacht geworden, aber Ann fand keine Ruhe; wie hätte sie auch schlafen können, da rings um sie her Tod, Verwüstung und tiefe Trauer herrschten?

Beide Stämme hatten schwere Verluste erlitten. Fast jede Familie hatte einen Angehörigen verloren.

Wo der Tod eines Mannes bekannt wurde, da sammelte die Witwe ihre Kinder um sich, riss alles Rote von den Kleidern und schnitt sich das lange Haar ab. Dann trug sie zusammen, was dem Toten gehört hatte, vergrub es oder warf es in den Fluss. Auf den Tod anzuspielen oder gar offen davon zu sprechen, galt als ungehörig.

Ann hatte das Gefühl, das dumpfe Trommeln dröhne in ihrem Ohr im Gleichklang mit ihrem Pulsschlag. Sie dachte daran, wie sie vor ein paar Stunden ins Dorf zurückgekehrt waren. Sie hatten das Tal durchqueren müssen, in dem das Gefecht sich abgespielt hatte. Da hatte sie ihr Gesicht an Chees Schulter verborgen; sie konnte den Anblick nicht ertragen.

Ach, schlafen können … irgendetwas tun können – nur um zu vergessen, um nicht mehr dieses Singen zu hören, das von den anderen Hütten herüberdrang wie die eintönige Klage von Tieren …

Der Vorhang wurde beiseitegehoben. Ein leiser Luftzug strich durch die Hütte, ein Strahl Mondlicht fiel herein. Eine dunkle Gestalt stand in der Öffnung.

»Du schläfst?«, fragte eine weibliche Stimme.

Ann strich sich über die Stirn: »Nah-lin! Ich kann kein Auge zutun. Ich bin so froh, dass du kommst!«

Das Indianermädchen trat ein und ließ den Vorhang hinter sich zufallen. Wieder war es dunkel. Ihr Kleid raschelte leise und Ann merkte, dass Nah-lin sich neben ihr niederhockte. Eine Zeit lang schwiegen die beiden Mädchen und lauschten der Totenklage der Frauen. Irgendwo in der Ferne wieherte ein Pferd.

»Seit zwei Stunden liege ich hier – allein ...«, sagte Ann schließlich. »Chee und Nona meinen, ich schlafe – aber ich kann nicht. Ich habe solche Kopfschmerzen. Und dann dieses Trommeln, dieses Singen ...«

»Das ist Trommel des Todes«, erklärte Nah-lin.

»Ich weiß«, seufzte Ann. »Nur zu gut weiß ich es.«

Wieder entstand ein Schweigen. Sie hätten einander so vieles zu sagen gehabt, aber ihre Gedanken liefen in die Irre; ihr Mund war nicht imstande, ihnen Ausdruck zu verleihen. Und dennoch verstanden sie einander.

»Ach Gott«, murmelte Ann, »wie schade, dass wir uns nicht schon eher vertragen haben ... Wir hätten so gute Freundinnen werden können!«

»Wir *sind* Freundinnen«, sagte Nah-lin.

Im Dunkeln suchte Ann ihre Hand und drückte sie herzlich.

»Ganz sicher!«, bestätigte sie.

»Wann du reitest fort?«, fragte Nah-lin plötzlich.

Ann schüttelte den Kopf: »Das hängt von Chee ab ... Am liebsten würde ich auf der Stelle losreiten ... Ich halte es hier nicht mehr aus ...«

»Nah-lin ist so unglücklich«, sagte das Indianermädchen leise, »so allein!«

Im Dorf bellte ein Hund.

Plötzlich erschien eine Gestalt am Eingang der Hütte. Die beiden Mädchen blickten auf.

»Chee!«, riefen sie gleichzeitig.

Chee blieb stehen und hielt den Vorhang offen.

»*Du* bist hier, Nah-lin?«, staunte er.

Ein Mondstrahl zeigte Anns bleiches Gesicht und Nah-lins Schulter dicht nebeneinander im Dunkeln; Chee sah eine der Schmuckmünzen an Nah-lins Bluse aufblitzen.

Ann lächelte schwach. »Hast du es noch nicht gewusst? Wir haben Freundschaft geschlossen.«

Chee gab keine Antwort. Er ließ den Vorhang zufallen, trat ein, setzte sich zu Ann und legte ihr den Arm um die Schultern.

»Nun müsst auch ihr wieder gut miteinander sein; ihr beiden ...«, bat Ann.

Chee blickte auf. Selbst hier im Dunkeln sah er Nah-lins Augen glühen, ein verirrter Mondstrahl ließ bläuliche Lichter in ihrem langen Haar aufschimmern. Er streckte ihr die Hand entgegen.

»Also, Nah-lin, wollen wir wieder Freunde sein?«

Mit einem Aufseufzen, das eher ein Aufschluchzen war, ergriff sie Chees Rechte mit beiden Händen und drückte sie an ihre Wange.

»Jaja!«, sagte sie leise. Dann sprang sie jäh auf, ihre Kleider raschelten und ihre Münzen klirrten, sie stürzte zum Eingang, riss den Vorhang auf und verschwand in der Nacht. Chee und Ann blieben allein zurück.

»Bitte, verzeih mir ...«, sagte Chee leise. »Ich konnte ja nicht ahnen, dass man dir so übel mitspielen würde ...«

Ann schüttelte den Kopf.

»So schlimm ist mir das alles gar nicht vorgekommen ... Ich habe doch auch so glückliche Stunden hier verlebt ... Nein, ich bereue nichts!«

»Morgen müssen wir fort«, sagte Chee weiter. »Bist du auch nicht zu erschöpft? Ich denke, es wird besser sein, ich bringe dich weg, bevor man dich holen kommt; jetzt, da die Soldaten wissen, wo du bist, kann das nicht lange dauern.«

»Wenn wir morgen reiten, dann könnten wir noch vier oder fünf Tage beisammen sein – das ist nicht viel, nicht wahr?«

»Nein …«

»Und dann sehe ich dich nie wieder … nie, niemals …«

Sie schloss die Augen und barg ihr Gesicht an Chees Schulter.

»Ich kann mir gar nicht ausdenken, wie das Leben ohne dich weitergehen soll … Manchmal ertappe ich mich bei der Vorstellung, wie wir beide in den Zug steigen und wie wir dann in Tucson ankommen. Und dann fällt mir ein, dass wir uns ja trennen müssen – und dann wäre ich am liebsten tot …«

»Mir geht es kaum anders, Ann! Aber so ist das Leben. Du bist ein Mädchen aus gutem Hause, sorgfältig und streng erzogen – und ich? Wer bin denn ich? Ein junger Mann, der zu keiner Rasse, zu keinem Volk gehört. Mein Leben ist ein Umherschweifen in der Einsamkeit. Bis an mein Ende werde ich so durch die Wüste ziehen und mein Begleiter wird Kiuw sein. Und wenn Kiuws Knochen im Sande bleichen, dann tritt eben ein anderes Pferd an seine Stelle …«

Er brach ab und streichelte Anns Wange; sie schmiegte sich eng an ihn. »Wir können es nicht ändern …«

»Doch, Chee, doch!«, rief sie. »Du kannst es ändern!«

Sie hob den Kopf und blickte ihm in die Augen.

»Chee, ich bitte dich: Nimm Nah-lin zur Frau!«

»Nie könnte ich dich vergessen!«

»Ach doch! Ich will es… Wenn du mir nicht begegnet wärst, hättest du sie geheiratet – du hast es mir selbst gesagt! – und wärst glücklich geworden. Wenn ich fort bin… vielleicht nicht gleich… nach zwei Jahren, nach drei Jahren, wenn du anfängst, mich zu vergessen…«

»Nie könnte ich dich vergessen!«, sagte Chee noch einmal.

Ann verzog das Gesicht.

»Ich dich doch auch nicht! Aber trotzdem – versprich es mir!«

Langsam hob Chee den Kopf.

»Vielleicht später… viel später…«

Ein langes Schweigen folgte, dann bäumte sich in Ann noch einmal alles auf; wieder schmiegte sie ihr Gesicht an Chees Schulter und schloss die Augen.

»Ach, Chee, wie schön wäre das:… Eines Tages, eines Tages, wenn ich gerade viel Kummer habe, dann schaue ich ganz zufällig aus dem Fenster… und dann höre ich einen Reiter durch die Straßen galoppieren… und das bist du, du und du kommst mich holen. Und dann springe ich mit einem Satz aus dem Fenster und du hebst mich vor dich in den Sattel und dann reiten wir durch die ganze Stadt. Und alle Leute bleiben stehen und sehen uns nach und die Mädchen werden blass vor Neid, da sie nicht an meiner Stelle sind … Ach, Chee, wie schön wird das!«

Zärtlich strichen Chees Finger durch ihr Haar.

»Ich komme, ganz sicher, Ann!«, versprach er.

Aber sie wussten beide, dass es nie so sein würde, dass alles nur Träume waren … Und im Leben ist so wenig Raum für Träume!

3 *Das Abenteuer geht zu Ende*

TANTE ADELE

»Chee«, rief Ann leise, »wir sind da!«

Auf einer kleinen Bergkuppe hielten sie die Pferde an. Von hier aus konnte man Mesilla sehen, die Häuser und Holzhütten, die unter der glühenden Sonne zu bersten schienen. Die Pferde standen so dicht beieinander, dass sie sich fast berührten. Lange Zeit hielten die beiden so, Hand in Hand, und schauten auf die kleine Stadt zu ihren Füßen.

Keiner mochte das Schweigen brechen, bis endlich Ann mit bebender Stimme begann: »Wenn ich heute meine Tante finde, dann sind das die letzten Stunden, die wir zusammen sein können.«

»Ich weiß.«

Langsam wandte sie sich ihm zu, plötzlich strömten ihr Tränen aus den Augen und rollten die gebräunten Wangen hinab.

»Das … das ist so schrecklich … Ich meine, ich kann ohne dich nicht mehr leben … Das geht über meine Kraft …«

Sie brach ab und wischte sich die Tränen aus den Augen.

»Ann, hör auf zu weinen! Kopf hoch!«, rief Chee, aber es klang nicht sehr überzeugt.

Sie biss die Zähne zusammen und wandte sich ab, schluckte ein paar Mal und blickte schließlich Chee mit verzerrtem Lächeln an.

»Schau … du siehst, ich gebe mir ja Mühe, tapfer zu sein … aber es ist nicht leicht …«

Er sah sie an. Ann hatte sich das Haar zu zwei Zöpfen gebunden, die ihr über die Schultern niederfielen, sie trug die Hirschlederjacke, damit man ihr Indianerhemd nicht sah. Nein, eine Schönheit war sie nicht, aber sie sah so natürlich und mädchenhaft anmutig aus, dass man sie einfach gernhaben musste! Er spürte, wie sein Herz sich zusammenkrampfte, unwillig, die Trennung zu akzeptieren. Aber da hob Ann plötzlich den Kopf und sah ihn an – ihr Gesicht erschien jetzt fast fröhlich.

»Wir wollen tapfer sein!«, sagte sie leise.

»Das wollen wir. Komm jetzt, kleine Ann!«

In kurzem Trab ritten sie zur Stadt hinunter. Glühend und dumpf lagen die Straßen von Mesilla in der Nachmittagssonne, fast völlig verlassen. Auf einem kleinen Platz spielten Kinder unter breitrandigen Sombreros mit Murmeln; in der stickig heißen Stille hallte ihr Schreien und Lärmen weit über Hütten und rissige Mauern hin.

Chee und Ann gingen langsam durch die Straßen; sie führten die Pferde am Zaum. Wohin jetzt? Sie wussten es nicht. Ziellos irrten sie durch die Stadt.

Plötzlich blieb Ann mit einem erstaunten Ruf stehen und zeigte auf eine der vielen Bekanntmachungen, die an einer Bretterwand klebten. Sie traten näher heran und lasen:

Wer findet Annette Morrison?

Darunter war ein Foto von Ann abgedruckt; es war vor ein paar Jahren in Phoenix aufgenommen worden und zeigte das Mädchen im weißen, hochgeschlossenen Kleid, die Haare brav nach hinten gebürstet, mit einem Schmollmund.

Lächelnd wandte Ann sich nach Chee um: »Das da soll ich sein? Da möchte ich nur wissen, wie der Kerl mich bei euch im Dorf erkannt hat!«

»Ja, du hast dich sehr verändert«, pflichtete ihr Chee bei. »Lass sehen, was sie da über dich schreiben.«

Sie beugten sich vor und lasen den Text der Bekanntmachung:

Annette Morrison, vermisst in Mesilla seit dem 21. August lfd. J., nachmittags, wird von ihrer Tante, Fräulein Adele Morrison, dringend gesucht.

HUNDERT DOLLAR

sind ausgesetzt für den, der das junge Mädchen heil und gesund bei folgender Adresse abliefert: Fräulein Morrison, Pension Sarah, Inhaberin Frau Sarah Maifair, Kentucky-Straße.

Besondere Kennzeichen der Vermissten:

Haar: blond – Hautfarbe: Weiß – Augen: grau – Gestalt: schlank – Bekleidet mit weißem Popelinekleid. Hat vermutlich einen roten Seidenschal bei sich.

Chee und Ann sahen sich an und lachten gleichzeitig hell auf.

»Hautfarbe: Weiß!«, prustete Ann. »Das ist wirklich lächerlich!«

Chees Gesicht war plötzlich finster geworden.

»Wir wissen jetzt, wo deine Tante wohnt – nun müssen wir auch hingehen.«

Ann tat einen leisen Schrei und presste die Hand an die Lippen. Eine Zeit lang standen sie schweigend, dann ergriff Chee ihre Rechte.

»Es hilft alles nichts. Wir müssen hin!«

Langsam gingen sie durch die Straßen. Anns Fröhlichkeit war verflogen. Sie ließ den Kopf hängen, eine große Müdigkeit hatte sie befallen.

»Wir müssen uns erkundigen, wo die Kentucky-Straße ist«, sagte Chee.

Sie drückte seine Hand. »Nein, noch nicht ... Nur noch ein Weilchen zusammen gehen! ... Es ist so schön ...«

Chee nickte stumm.

Dann kamen sie durch eine schmale, völlig menschenleere Straße. Zu beiden Seiten standen weiße Häuser in spanischem Stil. Chee legte dem Mädchen den Arm um die Schultern.

»Kopf hoch, Annette!«, sagte er leise. Sie nickte mit verzerrtem Gesicht. Die beiden Pferde trotteten mit gesenkten Köpfen hinter ihnen her.

Da klirrte plötzlich ein Fenster. Die beiden ließen einander sofort los und gingen weiter, ohne sich umzublicken. Sekunden später hörten sie, wie eine Tür geöffnet wurde. Dann rief eine Stimme, die Ann nur zu gut kannte, laut und vernehmlich: »Annette!«

Ann zuckte zusammen, aber sie wandte sich nicht sogleich um. Sie blickte Chee an und murmelte: »Kentucky-Straße!«

Chee erschrak, als er sah, wie bleich das Mädchen geworden war.

»Annette!«, rief da die Stimme noch einmal.

Dann hastige Schritte, ein Rauschen von Kleidern, und ohne zu wissen, wie ihr geschah, fühlte sich Ann plötzlich an Tante Adeles Brust gerissen.

»Annette! Wie konntest du nur! Hast du nie an die Sorgen gedacht, die du deiner armen Tante bereitet hast … Schämen solltest du dich! Ich war in tödlicher Unruhe – jawohl, in *tödlicher!*«

Tante Adeles durchdringende Stimme erfüllte die ganze Straße, an Türen und Fenstern zeigten sich neugierige Gesichter.

»Ja – Tante Adele«, stammelte Ann, als die alte Dame innehielt, weil sie Atem schöpfen musste. »Ich … Wie geht es dir?«

Ohne zu antworten, fasste Tante Adele Ann plötzlich bei beiden Schultern und schob sie ein Stück von sich weg, um sie mit verkniffenem Mund vom Kopf bis zu den Füßen zu mustern.

»Annette-Beatrix!«, sagte sie schließlich. »Was muss ich sehen? Muss ich dich im ersten Augenblick des Wiedersehens sogleich tadeln? Diese Kleidung! Und wie braun du geworden bist! Nein, wie abscheulich!«

»Aber, Tante Adele …«, fing Ann an.

Ein paar Schritte abseits stand Chee, zerstreut tätschelte er Kiuws Nüstern.

»Wo sind deine Kleider?«, fuhr die alte Dame fort, die Brauen gerunzelt. »Jene Kleider, die eines Mädchens würdig sind?«

»Hier, Tante Adele!«

Ann trat zu ihrem Pferd Schawnee, knüpfte das Bündel los, in dem ihr zerknittertes, schmutziges Kleid verpackt war, und wickelte es vor den Augen ihrer Tante aus.

»Nummer eins!«

Damit legte sie der völlig erstarrten Dame das Kleid über die Anne. Dann zog sie den Unterrock hervor.

»Und hier, Nummer zwei!«

»Was ... was ... nein, so etwas ...«

Mit offenem Mund starrte Tante Adele auf die Überreste des Unterrocks. Dann stieg ihre Stimme zu den höchsten Tönen auf: »An-net-te! Was hast du mit deinem Unterrock gemacht?«

Gleichgültig rieb Ann an den schmutzigen Baumwollfetzen.

»Wunden verbunden, Umschläge gemacht und mich damit nach dem Baden abgetrocknet ...«

»Annette!« Tante Adeles Gesicht lief rot an.

»Ja«, sagte Ann lachend, »leider stand mir kein Badezimmer zur Verfügung!«

»Annettchen!«, kreischte da plötzlich eine Stimme hinter ihr.

Sie fuhr herum und sah eine kleine, rundliche Gestalt aus dem Haus geschossen kommen: Eulalie stürzte auf sie zu, schloss sie in die Arme und schmatzte ihr zwei knallende Küsse auf die Wangen.

»Ja, grüß dich Gott, Eulalie!«, rief Ann.

»Oh, Annettchen! Ich hatte schon solche Angst, dass meinem kleinen Mädchen etwas passiert sein könnte... ich... ich... uhuhuuu...«, schluchzte sie und dicke Tränen rollten ihr über die Wangen. Sie wischte sich das Gesicht mit dem Schürzenzipfel ab.

»Eulalie, hör doch...«, setzte Ann verlegen an.

»Sag mal, Annette!«, fuhr ihr Tante Adeles wütende Stimme dazwischen. »Wer ist *das da?*«

»Das da« war Chee. Er hatte aufgehört, Kiuws Nüstern zu tätscheln, stand hoch aufgerichtet und blickte Tante Adele, die sich vor ihm aufgepflanzt hatte, gerade in die Augen. Ann befreite sich aus der Umarmung ihrer alten Kinderfrau und trat heran.

»Tante Adele« – ihre Stimme zitterte ein wenig – »Tante Adele, das ist mein Freund Chee Williams. Ich...«

»*Wer* ist das?«

Tante Adele trat ganz dicht vor Chee hin, als wollte sie ihn mit ihren Blicken erdolchen.

»So, so! Meine Nichte hat galante Freundschaften! Da wundere ich mich über nichts mehr!... Wie können Sie es wagen, Ihr Auge zu einem Mädchen aus gutem Hause zu erheben! Die Polizei sollte man holen!«

Mit einem Aufschrei der Entrüstung wollte Ann zu Chee laufen – aber jäh fasste die alte Dame ihren Arm und hielt sie mit erstaunlicher Kraft zurück.

»*Du* schweigst! – Und was *Sie* betrifft...«

Ihr drohender Finger richtete sich gegen Chee – aber sie sprach nicht weiter.

Chees Gesicht war trotz des Bronzetons bleich geworden. Brüsk wandte er Tante Adele den Rücken, griff nach Kiuws Zaum und wollte in den Sattel springen.

»Chee!«

Ann riss sich los und lief um die Pferde herum zu ihm hin:

»Was willst du tun?«

Einen Augenblick sah er sie an, in seinen Augen war ein Schimmer von Bitterkeit; dann streichelte er rasch über Anns Hand und beugte sich zu ihr nieder.

»Wir sehen uns noch ...«, flüsterte er.

Ohne ein weiteres Wort sprang er leichtfüßig in den Sattel und ritt durch die träge daliegende Gasse davon.

Hinter ihm blieb nur eine Wolke gelblichen Staubes ...

DER ROTE SEIDENSCHAL

Auf dem Tisch stand ein Tablett mit einem Glas Milch und einigen Butterbroten. Durch das offene Fenster schien hell die Morgensonne.

Ann spürte, dass sie hungrig war. Zerstreut schaute sie beim Essen umher und sah, dass Eulalie das Zimmer aufgeräumt hatte. Das Bett war gemacht, auf dem Teppich stand ein großer Koffer. Der rote Seidenschal lag auf einem Stuhl.

Das Mädchen beendete sein Frühstück und trat ans

Fenster. Im Vorbeigehen ergriff sie den Schal; ihre Hände streichelten mechanisch die rote Seide, während ihre Augen durch das Fenster ins Ungewisse hinausstarrten.

Die Treppe knarrte; es waren Tante Adeles Schritte. Einen Augenblick später trat sie ins Zimmer.

»Guten Morgen, liebe Nichte!«, sagte sie.

Ann neigte nur leicht den Kopf. Die alte Dame trat näher und legte den schwarzen Sonnenschirm, den sie bei sich trug, auf das Bett. Dann rief sie erstaunt: »Aber, liebes Kind, ich möchte fast meinen, du seiest reifer geworden …«

Ann blieb stumm.

Sie hatte das Haar zurückgebürstet und zu einem Knoten gebunden. In ihrem hochgeschlossenen schwarzen Kleid, das sie auf Anordnung ihrer Tante trug, und mit ihrem bleichen, abgespannten Gesicht sah sie aus wie eine müde, teilnahmslose kleine Pensionstochter. Sie schien tatsächlich in der letzten Nacht um Jahre älter geworden zu sein.

Tante Adeles Blick fiel auf den Schal, den Ann in ihren Händen hielt; grell stach sein Rot gegen das Schwarz ihres Kleides ab.

»Und immer noch hast du da dieses … dieses Ding!«, sagte sie.

Ann nickte.

Ohne weiter in sie zu dringen, griff Tante Adele nach dem Koffer. »Bist du so weit?«

»Ja, Tante Adele.«

»Gut, dann komm!«

Sie schritt aus dem Zimmer, Ann folgte. Auf der Treppe wäre sie fast gestolpert: Sie hatte vergessen, ihren Rock anzuheben.

In der Diele unterhielt sich Eulalie mit einer älteren Dame mit gütigem Gesicht.

Tante Adele nahm Ann beim Arm und stellte sie vor.

»Miss Maifair, dies ist meine Nichte Annette.«

Ohne aufzublicken, machte Ann einen Knicks, der reichlich linkisch ausfiel.

»Guten Morgen, liebe Annette«, sagte Miss Maifair lächelnd. »Sie sind gewiss glücklich, dass Sie endlich Ihre gute Tante wiedergefunden haben?«

Ann blieb ihr die Antwort schuldig.

Schon drohte das Schweigen peinlich zu werden, da hüstelte Tante Adele und wandte sich an Miss Maifair: »Glauben Sie mir, Sarah, ich bin untröstlich, dass ich Sie schon verlassen muss!«

Während die drei alten Damen mit lauten Ausrufen und mit vielen gegenseitigen guten Wünschen Abschied nahmen, stand Ann dabei, die Hand am Treppengeländer, und schaute stumm zu.

Schließlich richtete Miss Maifair noch einmal das Wort an sie: »Sie sind ja so still und schweigsam, fast wie ein kleines Mäuschen! Tut es Ihnen denn so leid, dass Sie aus Mesilla fortmüssen?«

»Ja, Miss Maifair.«

»Ah, darum!« Miss Maifair lächelte und kniff sie zärtlich in die Wange. »Gewiss haben Sie hier gute Freunde gefunden?«

Ann schlug die Augen nieder und blieb stumm.

»Ja, sag es nur!«, fuhr es Tante Adele höhnisch heraus – aber sofort biss sie sich auf die Lippen.

Miss Maifair schien das gar nicht bemerkt zu haben. Sie wandte den Blick nicht von Ann; ohne Genaueres zu wissen, erriet sie, warum das Mädchen traurig war. »Die Jugend vergisst ja so rasch!«, rief sie ermunternd aus.

»Und was haben Sie für Pläne, wenn Sie wieder in Phoenix sind?«

»Sie wird in ein Pensionat eintreten und dort bleiben, bis sie volljährig ist«, versetzte Tante Adele eisig.

Anns Hand krampfte sich um das Geländer, ihr Gesicht erstarrte …

»Was kann mir das jetzt noch ausmachen?«, murmelte sie für sich selbst. Und in festem Ton antwortete sie: »Jawohl, Tante Adele.«

»Also, liebe Annette, ich wünsche Ihnen alles Gute!«, sagte Miss Maifair noch.

Auf Anns Lippen war jedes Lächeln erstorben, als sie ihren Abschiedsknicks machte.

»Danke, Miss Maifair«, sagte sie nur. Dann ging sie stumm zur Tür.

Es war ein seltsames Dreigespann, das sich nun zum Bahnhof in Bewegung setzte: die beiden alten Damen – die eine groß und die andere klein und kugelig – und zwischen ihnen das junge Mädchen in ernstem Schwarz, das krampfhaft einen roten Seidenschal in der Hand hielt. Jeder, der den dreien begegnete, drehte sich um und schaute ihnen einen Augenblick lang nach.

Plötzlich blieb Ann stehen.

»Halt!«, rief sie erschrocken. »Was habt ihr eigentlich mit Schawnee gemacht?«

»Womit?«

»Mit meinem Pferd?«

Tante Adele zuckte die Achseln. Im Weitergehen sagte sie: »Ich habe es gestern Abend Miss Maifair geschenkt, für ihren Sohn, der demnächst von San Franzisco zurückkehrt.«

»Hoffentlich wird er nett zu Schawnee sein …«

Die alte Dame schaute ihre Nichte prüfend an. Nach den Auftritten von gestern Abend, nach den Tränenströmen, den Wutausbrüchen, den Aufwallungen von Empörung schien ihr die Kälte, die Ann heute Morgen zeigte, beunruhigend.

»Annette«, fragte sie misstrauisch, »du bist doch nicht etwa krank?«

»Nein, wirklich nicht, Tante Adele.«

»Hast du schlecht geschlafen?«, erkundigte sich Eulalie fürsorglich.

»Sehr gut sogar!«

Schweigend gingen sie weiter.

Ann war nur von einem einzigen Gedanken erfüllt: Würde es Chee gelingen, sich ihr zu nähern, um Abschied zu nehmen? Was würde Tante Adele dazu sagen? Vielleicht, dachte Ann, lässt sie es lieber schweigend geschehen, statt mir noch mal eine Szene zu machen?

Sie überquerten die Hauptstraße und schritten auf den Bahnhof zu. Dort war die Gasse, in der Ann sich damals verirrt, die Mauer, an die sie sich dann gelehnt hatte!

Sie seufzte. Das alles war endgültig vorbei!

Jetzt konnte man schon die Gleise sehen! Und da war auch der Laden, auf dessen Stufen sie gesessen und festgestellt hatte, dass sie nicht einmal genug Geld besaß, um sich etwas Essbares zu kaufen.

Wo Chee nur blieb? Anns Herz hämmerte mit schweren Schlägen. Schon lag der hölzerne Bahnsteig vor ihnen. Ein paar Reisende standen da: Damen in weiten bunten Krinolinen, zwei, drei Mexikaner, ein alter, weißbärtiger Cowboy in hohen Stiefeln, einen Fuß auf seinen Bastkoffer gestützt.

Ann spähte nach allen Seiten. Wo mochte er sein? Er war da – das war sicher; sie *musste* ihn sehen, ein letztes Mal …

Sie verlangsamte ihren Schritt. Eben kamen sie an einer Halle aus wurmstichigem Holz vorbei, da fiel ein Schatten über den Weg. Rasch hob Ann den Kopf. Sie hatte Chee vorher überhaupt nicht bemerkt …

»Annette, wo bleibst du denn?«

»Ich komme schon, Tante Adele!«

Sie beeilte sich und ging rasch an Chee vorbei, ohne ihn anzublicken. Plötzlich kam ihr eine Idee: Sie ließ den Schal fallen …

All ihre Selbstbeherrschung musste sie aufbieten, damit sie der Versuchung, sich umzuschauen, widerstand und gelassen zwischen den beiden alten Damen weitermarschierte. Ihr Herz klopfte, als wollte es zerspringen. Ann hatte das Gefühl, jeder müsse ihr ihre Erregung ansehen.

Schließlich standen sie auf dem Bahnsteig. Eulalie hatte den Koffer getragen; sie setzte ihn ab und nahm ungeniert darauf Platz.

Tante Adele stand stocksteif wie immer. – Eulalie zog ein kariertes Taschentuch hervor und wischte sich die Stirn.

Ann wandte mit möglichst gleichgültigem Gesicht den Kopf bald hierhin, bald dorthin.

Tante Adele blickte sich forschend auf dem Bahnsteig um und plötzlich erstrahlte ihr hageres Runzelgesicht vor freudigem Lächeln. Lebhaft ging sie auf eine ältere Dame zu, der zwei recht nichtssagende junge Mädchen und ein etwa zehnjähriger Bub folgten.

»Nein, welche Überraschung! Sylvia Smith! Ich hatte keine Ahnung, dass Sie auch hier in der Stadt waren!«

»Meine liebe Freundin! Welche Freude! Haben Sie denn nun endlich Ihre Nichte wiedergefunden? Alle Welt spricht von dieser Geschichte! Oh, da ist sie ja wohl selber ... wie reizend sie aussieht!«

Und nun hob ein Schwatzen und Klatschen, ein Rufen und Kichern an! Ann fühlte sich in einen Strudel von Begrüßungen hineingerissen, stotterte ihr »Sehr erfreut ...«, musste Knickse machen, sich die Wangen tätscheln und die Haare streicheln lassen – und fand sich schließlich ein Stück abseits wieder; bei ihr standen die beiden Mädchen und der kleine Junge.

»Also Sie sind das verlorene Schäfchen?«, erkundigte sich das eine Mädchen. »Wo haben Sie denn eigentlich gesteckt?«

»Oh«, rief die andere dazwischen, »die Polizei hat die ganze Stadt abgesucht und man glaubte schon, Sie seien entführt worden … Wie romaaantisch!«, schloss sie, wobei sie die Hände faltete und die Augen zum Himmel aufschlug.

»Sie fahren wohl auch mit diesem Zug?«, nahm wieder die Erste das Wort. »Ach, wir sind froh, wenn wir erst wieder in Phoenix sind … Hier ist es ja sooo langweilig! Übrigens, sehr gesprächig sind Sie gerade nicht! Und wie blass Sie sind – als ob Sie krank wären! Wollen Sie sich nicht lieber ein bisschen setzen?«

»Nein, wirklich nicht, danke schön …«, sagte Ann mit schwachem Lächeln.

Über die Schultern der beiden Mädchen hinweg konnte sie Chee sehen; er stand immer noch an den Pfahl gelehnt, den Seidenschal hielt er in seinen Händen. Jetzt kam er langsam auf sie zu. Wie durch einen brausenden Nebel hindurch hörte Ann das Geschwätz der beiden Mädchen. Sekundenlang musste sie die Augen schließen. Da rüttelte sie eines der Mädchen an der Schulter.

»He, hören Sie nicht, Miss Morrison?«

Ahnungslos trat sie vor Ann hin, dass sie ihr die Sicht versperrte. Ann strich sich über die feuchte Stirn: »Bitte, entschuldigen Sie; ich war in Gedanken …«

»Ich fragte Sie, ob …«

Da ertönte eine Männerstimme: »Bitte um Verzeihung, Miss, haben Sie vielleicht diesen Schal hier verloren?«

Bunte Wirbel kreisten um Ann. Alles um sie her versank.

Langsam trat sie einen Schritt vor. Mit einem Ruck waren die beiden Mädchen herumgefahren und musterten den jungen Mann von Kopf bis Fuß. Noch einmal standen Ann und Chee einander gegenüber. Lange blickten sie sich an. Ann musste die Augen schließen; auf ihrer Stirn perlten Schweißtropfen. Sie fühlte, viel länger würde sie es nicht mehr aushalten. Gleich müsste sie aufschreien und sich ihm in die Arme werfen! Das Blut sang in ihren Ohren.

Aber nichts von alledem geschah. Zaghaft streckte sie die Hand aus.

»Ja, danke … ich danke Ihnen …«, stieß sie mühsam hervor.

Er gab ihr den Schal – ihre Finger berührten sich.

Mechanisch zog Ann die Hand zurück. Rasch drückte sie den Schal an ihr Herz.

Noch immer sah sie Chee in die Augen, als wollte sie sich für ewig sein Bild ins Gedächtnis prägen.

Er senkte als Erster den Blick.

»Leb wohl«, sagte er so leise, dass sie die Worte mehr ahnte als vernahm.

»Leb wohl«, hauchte sie ebenso. Noch immer hielt sie den Schal an sich gepresst.

Langsam wandte er sich ab und ging, ohne sich noch einmal umzusehen.

Mit starrem Blick sah sie ihm nach. Plötzlich wankte sie.

»Da – ich hab's ja gesagt: Sie ist krank!«, schrie das eine Mädchen und stützte sie. Aber Ann hatte sich schon wieder in der Gewalt.

»Nein danke … Es ist wirklich nichts …«

»Wer war denn das?«, fragte das andere Mädchen und wies mit einem Kopfnicken auf Chee. »Kennen Sie ihn?«

»Nein …«, murmelte Ann – aber ihr Herz schrie: »Feigling!«

»Scheint ein Mexikaner zu sein oder so etwas …«, plauderte das Mädchen weiter. »Ich muss schon sagen, er sah gar nicht übel aus!« Sie kicherte aufgeregt.

Ann antwortete nicht. Von ihrem Platz aus konnte sie beobachten, wie Chee sein Pferd vom Pfahl losband und in den Sattel sprang. Kiuw bäumte sich wiehernd auf. Chee grüßte mit der Hand. Als er hinter dem Eckhaus verschwunden war, stöhnte Ann leise.

»Was für ein komischer Junge«, sagte das eine Mädchen; auch sie hatten ihm nachgeblickt. »Haben Sie gesehen: Er hatte goldene Augen!«

»Goldene Augen …«, wiederholte Ann; es klang wie ein Echo.

Jäh wandte sie sich ab und schaute die Gleise entlang. Fern, ganz fern, wo die weißen Felsenberge mit dem Horizont verschmolzen, erschien in der klaren blauen Luft ein dünnes Rauchwölkchen und kam rasch näher …